KB046048

"이걸로 너를
'뇌쇄'하고 싶었거든."
시모츠키 시호
Shiho Shimotsuki

"아직 입을 수 있으니까
안 사도 될 것 같아서."
나카야마 아즈사
Azusa Nakayama

"전형적인 반응이잖아?"
메리 파커
Mary Parker

"코오타로는 어쩔 수 없다니까······!"
쿠루미자와 쿠루리
Kururi Kurumizawa

목차

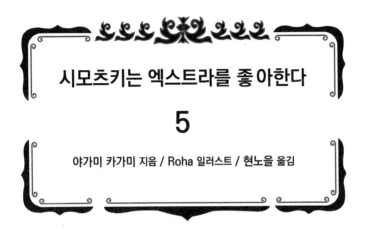

시모츠키는 엑스트라를 좋아한다

5

야가미 카가미 지음 / Roha 일러스트 / 현노을 옮김

소미미디어

컬러, 본문 일러스트 | Roha

많은 일들을 넘어서서 두 사람은 연인이 되었습니다.

박수, 짝짝짝.

……이제 엑스트라 캐릭터가 메인 히로인과 맺어지기 위한 러브 스토리는 막을 내렸다.

독선적이고 이기적인 하렘 주인공은 성장해서 평범한 소년으로 돌아갔다.

자칭 크리에이터인 광대는 이빨이 빠져서 각종 권능을 잃었다.

트라우마였던 과거의 사슬은 서툰 사랑의 인과일 뿐.

새로운 라이벌로 설정되었던 새 히로인마저 아군이 되어 두 사람을 응원했다.

스토리가 두 사람을 축복한다.

이 이상의 고난은 오지 않을 거라고 암시하듯이…… 두 사람은 행복한 관계를 구축했다.

앞으로는 설령 시련을 설정한다고 해도 이젠 사족에 불과하다.

시모츠키가 엑스트라를 좋아하게 되어서 시작한 이야기는 엑스트라가 시모츠키를 사랑하게 되면서 해피 엔딩을 맞았다.

이 러브 코미디에 연장전은 없다.

예를 들어 애인이라는 관계성에 적응하지 못한 두 사람이 어색해진다…… 같은 전개를 만드는 건 불가능하지 않을지도 모른다.

하지만 그건 많은 사람이 바라지 않고 좋아하지 않을 것이다.

왜냐하면 이미 두 사람이 행복하니까. 이 이상 불행하게 만들어도 의미가 없다.

그러니 이건 후일담.

애인이 되고 행복해진 시모츠키 시호와 나카야마 코타로가 그저 평화로운 나날을 보내기만 할 뿐인 이야기다.

최근 게임을 하며 노는 시간이 늘어났다.

특히 휴일은 상당한 시간을 들여서 몰두하고 있다.

"아…… 또 실패했어."

내 방에서 게임 오버라고 적힌 화면을 앞에 두고 쓰게 웃었다. 역시 아직 익숙하지 않다. 다양한 장르를 플레이해 봤지만 좀처럼 능숙해지지 못했다.

"어렵네."

내 방에 게임기가 들어온 게 고작 몇 달 전이다.

고등학교 2학년이 된 직후 정도.

그전에는 거실에서 게임을 하며 놀던 시호가 갑자기 내 방에서 플레이하게 되었고…… 언제부터인가 나도 같이 플레이하게 되었다.

"코타로도 참, 너무 못해서 귀여워."

"가능하다면 멋있는 플레이를 하고 싶은데."

어깨를 움츠리고 한숨을 쉬자, 그게 재미있었던 모양이다.

시호가 몸을 흔들며 웃었다.

"우후후♪ 코타로는 평소엔 야무지지만, 게임 할 때만은 어설프구나."

"그야 별로 익숙하지 않으니까 어쩔 수 없잖아."

"응응. 그리고 그렇게 조금 뾰로통해지는 것도 보고 있으면 굉장히 흐뭇해. 어린아이가 삐진 것 같아."

아무래도 감정이 조금 드러났던 모양이다. 시호는 그걸 즐거워하는 것 같았다.

"자, 이리 줘 봐. 이번에는 내 차례야. 차원이 다르다는 걸 가르쳐줄게."

"또 그렇게 서열을 잡으려 든다니까……. 시호의 나쁜 습관이거든?"

"에헤헤~. 받아주는 코타로가 너무 좋아."

"그렇게 말하면 나쁜 기분은 안 드는데. 어쩔 수 없지, 아래 서열로 들어가 줄게."

"와아."

──이런 식으로 시호와 게임하는 시간이 많아졌다.

원래 그녀는 게임을 좋아해서 우리 집에서도 자주 하곤 했다.

다만 나와 같이 게임하는 건 거의 없었다. 그녀는 나에게 플레이를 강요하지도 않았고, 어디까지나 혼자서 놀았다.

하지만 요즘은 다르다. 나에게도 게임을 해달라고 대놓고 말하게 되었다.

"……역시 같이 게임하는 건 즐거워."

내가 게임 오버당한 스테이지를 어렵지 않게 클리어하며

시호가 그런 말을 툭 중얼거렸다.

그 말에 나도 동조하듯 고개를 끄덕였다.

"맞아. 나도 즐거워……. 실력이 별로 안 늘어나는 건 불만이지만."

"코타로라면 금방 잘하게 될 거야. 아, 하지만 나보다 잘하게 되면 안 된다? 이번에는 내가 삐질 거야."

"삐진 시호도 귀여우니까 괜찮아."

"어라. 내 호감도를 올리려고 하는 거야? 멋진 멘트네."

"좋아, 작전 성공. 얼마나 올라갔어?"

"음…… 글쎄, 1억 정도? 참고로 이미 게이지는 꽉 찼으니까 한계 돌파야."

"너무 쉬운 거 아니야? 남에게 속아 넘어가지 않도록 조심해."

"괜찮아. 코타로에게만 쉬운 거니까."

……여느 때와 같은 잡담을 나눈다. 실없는 대화가 끊임없이 줄줄 이어졌다.

전처럼 사양하는 느낌은 이미 어디에도 존재하지 않는다.

서로 하고 싶은 말을 자연스럽게 할 수 있게 되었다.

시호가 나에게 게임을 권하게 된 것도 그 영향이겠지.

그리고 나도 그녀에게 감정을 드러내게 되었다. 그게 설령 부정적인 감정이라고 해도, 시호를 신뢰하기 때문에 숨기지 않게 되었다.

왜냐하면 우리는 이제 그냥 친구가 아니니까.

나카야마 코타로와 시모츠키 시호는 '연인'이다.

사실은 조금 걱정했던 게 있다.

그건 우리가 연인이 되면서 관계가 '어색해질지도 모른다'는 점이었다.

지금까지 친구라는 관계로 잘 지내고 있었다. 그게 변화하면서 뻣뻣해질 가능성을 버릴 수 없었다.

하지만…… 정식으로 애인이 되어도 우리의 관계는 나쁜 방향으로 변화하진 않았다.

오히려 좋아졌다고 느낀다. 사양하지 않게 되고, 숨기는 일도 줄어들고, 서로를 신뢰하기 때문에 자연스럽게 지내는 시간이 늘어났다.

이전처럼 너무 가깝지도, 너무 멀지도 않은 거리감도 나쁘지는 않았다.

하지만 지금은 이미 그 무렵의 어중간하기만 하고 불확실한 관계로는 돌아갈 수 없다.

애인이라는 관계는 무척 아늑했다.

◆

"코타로, 슬슬 여름방학인 건 알지?"

주말이 끝나고 월요일 아침.

시호와 만나서 학교에 가는 도중이었다.

"당연히 알지. 시호가 낙제를 회피해서 보충수업을 받지 않는다는 것도 알아."

"맞아! 제대로 열심히 공부했으니까 아슬아슬하게 회피했…… 아니, 이게 아니고! 크흠, 여름방학이라는 걸 알고 있다면, 그러니까 데이트하러 가자고 말하려고 했어."

아침부터 기운도 좋은 매미 울음소리에 파묻히지 않게 시호는 평소보다 큰 목소리로 말했다.

이젠 귀를 기울이지 않아도 그녀의 목소리는 나에게 선명하게 들린다.

"그러게. 여름이니까 바다에 갈까?"

"코타로도 참, 엉큼해라."

"왜 그렇게 되는 거야?"

"내 수영복을 보고 싶다는 거잖아?"

"아니. 같이 바다에서 놀면 좋겠다고 생각한 것뿐인데."

"그럼 수영복은 안 보고 싶어?"

"그건 조금 다르다고 할지…… 보고 싶지 않은 건 아니라고 할까."

"흐응~? 그럼 보고 싶다는 거네?"

결국은 그렇다.

수영복을 입은 시호……. 상상만으로도 얼굴이 뜨거워질 것 같았기에 서둘러 생각을 차단했다. 나에게는 망상만으로도 자극이 강했다.

실물을 보고도 태연할 수 있을까……. 불안하지만, 역시보고 싶지 않다는 마음은 들지 않으니까 기대하기로 할까.

"해변은 여름 느낌 나서 좋지. 하지만, 으음…… 사람이 많은 건 좀 그래."

"확실히 나도 인파가 북적대는 건 힘들어……."

"그러면 내가 도와줄까? 조금 멀지만 프라이빗 비치가 있거든. 거기라면 신경 쓰지 않고 즐길 수 있을 거야."

갑작스러운 난입이었다.

시호와 내 대화에 끼어든 사람은 핑크색 트윈테일이 인상적인 소녀.

쿠루미자와 쿠루리가 나와 시호 옆에 섰다.

"아, 쿠루리. 좋은 아침."

"그래, 좋은 아침. 가능하다면 조금 더 일찍 알아차려 주길 바랐지만, 뭐 됐어."

"리이, 좋은 아침."

"자, 잠깐! 나카야마…… 남 앞에선 그렇게 부르지 마. 따, 딱히 싫은 건 아니지만 창피하다니까."

뺨이 살짝 붉은 건 기온 때문인 걸까……. 아니, 아마 쑥스러워하는 거겠지.

"아! 뭐야 코타로. 나 말고 다른 여자에게 여지를 주면 안 된다고 몇 번을 말해야 알아들을 거야? 뗙."

그리고 최근 리이와 있으면 시호가 뾰로통해지게 된 건 새로운 변화일지도 모른다. 이쪽은 뺨을 복어처럼 통통하게 부풀렸다.

"쿠루리도, 마음의 문을 자동문으로 열어놓지 마."

"뭐, 뭐가 자동문이야! 나는 그렇게 쉬운 여자가 아니거든?"

"그래, 쉬운 애들은 다들 그렇게 말하더라."

"으윽…… 나카야마, 애 제대로 가르쳐 놔. 애가 안하무인으로 구는 건 남자친구인 네 책임이라고."

"자자, 둘 다 진정해."

일단 중재에 들어가긴 했지만, 싸우는 게 아니라는 건 알기 때문에 그리 심각하진 않았다.

서로 서슴없이 대하는 건 오히려 사이가 좋아졌다는 증거일 테지.

"……왜 널 두고 언쟁하는데 네가 막으려고 드는 거야."

"그건 그래. 코타로가 똑바로 안 하는 게 문제인데."

"어? 어, 미안."

어느새 내가 공공의 적이 되었지만, 덕분에 두 사람도 흥분이 가라앉은 듯하니 잘된 걸로 치자.

일단 이 틈에 대화의 주제를 되돌렸다.

"그래서 리이……가 아니라, 쿠루미자와의 프라이빗 비치라니, 무슨 소리야?"

리이라고 불렀더니 두 사람이 노려보는 바람에 황급히 수정. 이번에는 눈매가 사나워지지 않고 제대로 질문에 대답해주었다.

"말 그대로, 쿠루미자와가에서 소유한 해변이 있어."

"……해변을 개인이 소유할 수 있구나."

"……쿠루리네, 혹시 대단한 집이야?"

"적어도 너희가 생각하는 것보다는 대단하지. 뭐, 정확하게 말하자면 할아버지 소유지만."

서민에게는 그리 현실감이 없는 이야기다.

아무튼 프라이빗 비치라면 인파를 신경 쓰지 않아도 괜찮을 것 같다.

"꼭 가고 싶어. 쿠루리와도 놀아주고 싶었으니까 딱 좋네."

"잠깐 기다려. 나와 놀아준다니 무슨 소리야. 딱히 그런 걸 부탁한 적 없거든?"

"우후후♪ 오늘도 나이스 츤데레."

"츤데레라고 부르지 마. 내가 이 세상에서 제일 싫어하는 단어니까."

시호도 의욕적이다.

그렇다면 호의를 받아들이기로 할까.

"다음에 잇테츠 씨 병문안을 가면서 해변에 대한 것도

여쭤볼까."

"그래. 일단 할아버지가 소유한 곳이니까 말해두는 게 좋겠어."

"앗! 할아버지에게 낙제 회피한 거 보고해야지!"

수술이 끝나고 기운을 차린 잇테츠 씨와는 지금도 정기적으로 만나고 있다.

일단 큰 병을 앓았던 몸이라 바로 퇴원하지는 못했기 때문에 정기적으로 병원에 문병하러 간다.

이러니저러니 해도 잇테츠 씨도 우리에게 잘해주시니까 만나는 게 기대된다. 아마 할아버지가 있다면 이런 느낌이겠지…… 하는 생각이 든다.

"할아버지도 기뻐할 거야. 특히 시모츠키가 오면 노골적으로 좋아한단 말이지……. 왜 그럴까?"

"나도 할아버지를 좋아하니까 쌍방이네."

"……뭐 됐어. 아무튼 여름방학 잘 부탁해."

그렇게 셋이 대화하며 걸었더니 어느새 교실에 도착했다.

2학년 2반. 나와 시호, 그리고 리이가 소속된 학급이다.

1학년 때는 같은 반이었던 류자키, 키라리, 유즈키는 2학년이 되자 다른 반으로 갈렸다.

그리고 우리와 깊은 관계인 다른 한 명…… 의붓동생 나카야마 아즈사도 같은 반이다.

그녀는 나와 같이 등교하는 게 부끄러운 건지 다른 시각에 집을 나선다. 오늘은 일찍 나간 날이라 이미 도착해 있었다.

"아즈냥 좋은 아침~! 와락! 착하지, 착하지. 오늘도 귀여워!"

"끄악! 아침부터 만져대지 마. 더워!!"

시호와 아즈사의 관계도 여전하다. 이 두 사람은 친해진 뒤로 계속 이런 느낌인데, 보고 싶으면 정말로 훈훈하다.

"아즈냥, 아즈냥도 해수욕장 갈 거지? 여름방학에 쿠루리네 프라이빗 비치에 가자."

"프라이빗 비치?! 부, 부자잖아……! 갈래! 꼭 가고 싶어!! 쿠루리 언니, 아즈사도 가도 돼?"

"당연히 되지. 하지만……."

리이는 고개를 끄덕이고는 떨떠름한 얼굴로 나를 보았다. 의미심장한 시선을 받고 그녀가 무슨 말을 하고 싶은 건지 알아차렸다. 확실히 이건 내가 말해야겠지.

"낙제 보충수업과 숙제가 끝난 뒤가 아니면 못 가."

이러니저러니 해도 무른 리이는 아즈사나 시호에게 그리 매정한 소리를 하지 못한다.

따라서 내가 대신 현실적인 지적을 하자 아즈사는 순식간에 울상을 지었다.

"낙제 이야기는 하지 마!"

공부하지 않고 빈둥빈둥 놀기만 했던 동생에게는 제대로 천벌이 떨어졌다.

여름방학에도 보충수업과 숙제로 고통받게 되겠지.

"화이팅, 아즈냥!"

"열 받아. 왜 시모츠키가 낙제가 아닌데, 아즈사가 낙제인 거야?"

"내가 천재니까."

"아즈사와 2점 차이였던 주제에."

작지만 큰 차이. 둘 다 점수는 거의 비슷하지만 이것만큼은 어쩔 수 없다.

어쨌거나 기말고사는 이미 끝났다.

1학기도 앞으로 며칠. 슬슬 여름방학이다——.

제2화

❀ 서툰 사랑의 인과

여름방학에 들어갔다.

내년은 분명 대학 수험으로 바빠질 테니 느긋하게 즐길 수 있는 건 고등학교 2학년인 올해까지겠지.

……물론 지금도 공부를 안 하는 건 아니지만.

일단 나와 시호는 가까운 '키타바네 대학'에 가자는 이야기를 했다. 내 성적으로 따진다면 합격권이고, 시호의 성적으로 따진다면 좀 빡빡한 수준이다.

아마도 조금 더 시간이 지나면 시호는 공부 삼매경의 나날을 보내게 될 것이다. 나도 함께 공부할 테니 추억을 만들 수 있는 시간이 많지 않다.

그러니 오늘이라는 하루를 소중히 여기자.

"……후우."

전신거울 앞에서 옷 주름을 가볍게 폈다. 패션 센스가 좋다고는 하기 어려울지도 모른다. 하지만 나로서는 최선을 다했다. 보기에도 절대 나쁘지는 않……겠지?

이거면 될까? 괜찮겠지?

방에서 거울을 보며 확인하고 있었더니 노크도 없이 문이 열렸다.

"오빠, 도와줘! 인수분해가 아즈사를 괴롭혀!"

방에 들어온 건 숙제 용지를 붙들고 울먹이는 아즈사였다.

수학 문제를 풀다가 막혀버린 모양이었다. ……가르쳐 주고 싶었지만, 지금은 조금 어려울 것 같다.

"미안해, 지금부터 외출할 거야."

사실 오늘 시호와 아키하바라에 가기로 약속했다.

모처럼 여름방학이니까 둘이 조금 멀리 놀러 가기로 했기 때문이다.

"……웬일로 옷을 차려입은 걸 보면, 혹시 데이트?! 아즈사가 이렇게 힘들어하고 있는데 치사해!! 싫어싫어싫어, 오빠만 행복해지다니 싫어. 아즈사보다 불행하지 않으면 싫어!"

공부하느라 정신적으로 피폐해진 모양이다.

마음에도 없는 말을 하고 있다……는 걸로 해두자. 진심으로 그렇게 생각하는 거라면 조금, 가정교육에 문제가 있었다고 밖에 할 수 없다.

"……공부는 돌아온 뒤에 가르쳐줄게. 아, 선물 사 올 테니까 그동안 혼자서 풀 수 있는 부분 열심히 해 놓고."

"뭐야! 진짜 가는 거야……? 오빠, 제발. 아즈사에게 공부 가르쳐줘. 시모츠키보다 귀엽고 예쁜 동생을 선택해 줘."

"애교부려도 안 돼."

"뭐어?! 오빠, 동생하고 여자친구 중에 누구를 우선해야 하는 건지 모르는 거야? 당연히 동생이잖아? 훌쩍."

"우는 척해도 안 통해. 오늘은 시호를 우선할 거야."

"끄으윽……. 전에는 울면 말하는 걸 들어줬는데! 이제 됐어, 오빠 바보. 으아앙!!"

아즈사는 또다시 우는 척하면서 방에서 나갔다.

쾅!!

거칠게 문이 닫히자, 그 반동으로 책꽂이에 있던 책이 떨어졌다.

"선물은 편의점 아이스크림이랑 초콜릿이랑 주스랑 푸딩이랑 케이크가 아니면 용서 안 할 거야!!"

그러고는 문밖에서 들린 탐욕스러운 요구에 무심코 쓴 웃음을 지었다.

역시 내 가정교육에 문제가 있었던 건지도……. 하지만 저런 아즈사도 귀여우니까 그리 강하게 말하지 못한단 말이지.

나는 의외로 동생 바보인 건지도 모른다.

……아무튼, 그러는 사이에 어느새 집을 나서야 하는 시각이 다가왔다.

외출 준비를 마치고 문득 방을 둘러보자…… 조금 전 아즈사가 문을 닫았을 때 반동으로 떨어진 책이 시야에 들어왔다. 되돌려놓는 걸 깜빡했다.

주워서 표지를 보니 내가 좋아했던 라이트 노벨이었다. 스토리가 막바지에 접어들어서 슬슬 완결을 앞둔 시리즈다.

'그러고 보면 최근에는 책을 안 샀네.'

언제부터였지? 전에는 습관이라고 해도 될 정도로 책을 읽었는데, 어느새 독서 시간이 줄어들었다.

그래서 필연적으로 책을 살 기회도 없었던 거겠지.

'기왕 아키하바라에 가는 거니까, 라이트 노벨이라도 살까.'

좋아하던 시리즈의 다음 권이 나왔을 시기이기도 하다. 오랜만에 책을 읽을까. 나는 그런 생각을 하며 집을 나섰다.

◆

아키하바라에 가는 건 처음이 아니다. 여태까지 몇 번 방문한 적이 있기 때문에 가고 싶은 가게로 가는 길은 대충 기억하고 있다.

시호도 조금 익숙해진 건지 전에는 신기하다는 듯 주위를 두리번두리번 둘러보았지만, 오늘은 나와 잡담할 여유가 있는 모양이었다.

"우후후♪ 아즈냥도 참, 굉장히 힘든가 보네. 불쌍해."

집에서 고통받는 아즈사의 상황을 전달하자 시호는 떨리는 목소리로 웃었다.

"……시호, 혹시 기뻐하는 거야?"

"아니, 그렇지 않아. 다만 남의 불행을 보고 행복을 느끼는 감각이라고 말하면 되려나."

"참고로 시호도 슬슬 공부 삼매경의 나날이 시작되니까 각오해."

"뭐?"

그리고 이번에는 내 한마디에 새파래지는 시호.

표정이 획획 바뀌는 게 어쩐지 재미있었다.

"같은 대학에 가고 싶다면서? 그렇다면 열심히 해야지."

"……으으, 아즈냥을 보고 웃었던 내가 바보 같아."

"언제 어떻게 될지 모르는 거니까 너무 서로 도발하지 않는 게 나아."

"네……. 잠깐, 데이트할 때까지 공부 이야기하지 마!! 그런 건 잊어버리고 지금은 즐기자."

확실히 그 말대로다.

이렇게 데이트하는 기회도 많지 않으니까 시호가 싫어하는 공부 이야기는 자중하자. 일단 못은 박았으니, 이 이상 위협할 필요는 없을 것이다.

"우선 굿즈 보러 갈래?"

"응! 지난번에 전생한 슬라임이 나오는 애니를 봤더니 인형을 갖고 싶어졌어. 엄마에게 용돈 받았으니까 살 거야."

"알았어. 아, 굿즈 보고 나면 라이트 노벨 코너에 들러도 돼?"

"물론이지!"

최근 시호는 내가 부탁할 때 무척 기뻐하는 표정을 짓는다.

지금까지 내가 제안하는 일이 잘 없었기 때문인 걸까.

어쩐지 무척 행복해 보인다.

시호에게서 포근한 분위기가 감돌아 왠지 나도 기분이 좋아졌다.

그런 좋은 분위기에서 하는 데이트는 역시 즐거웠다.

의식하지 않아도 밀도 높고 소중한 시간을 보낼 수 있었다.

◆

인형과 라이트 노벨을 산 뒤.

시호가 좋아하는 게임 굿즈, 내가 보고 싶어 했던 전자제품 등을 보고 다니던 도중 갑자기 이런 소리가 들렸다.

『꼬르륵.』

가까이서 들린 소리는 틀림없이 시호에게서 났다.

그런데도 시호는 모르는 척하며 고개를 돌렸다.

"나 아니야."

"아무 말도 안 했어."

부끄러운 걸까? 귀가 새빨갛다.

뭐, 본인이 싫어하니 언급하지 말자.

"슬슬 점심 먹을 시간이지. 뭐 먹고 싶은 거 있어?"

"딱히 배고픈 건 아니거든. 내 배에서 난 소리 아니니까!"

"그래, 알았어……. 아, 치리 이모네는 어때? 지난번에 전화할 때 맛있는 디저트가 있으니까 오라고 했거든."

최근 근처에 있는 인기 가게와 제휴해서 본격적인 디저트를 도입했다고 들은 것 같다.

"디저트……! 코, 코타로가 가고 싶다면 어쩔 수 없지."

"응. 내가 가고 싶으니까 같이 가자."

가끔 시호는 이렇게 조금 번거로워진다. 의외로 고집부리는 면이 있지만, 나는 그런 면도 참 좋아하니까 나쁜 기분은 아니었다.

레어한 시호를 볼 수 있었으니, 오늘의 데이트는 대성공이다.

그래서 이모의 메이드 카페로 향했다.

활기찬 대로에서 인파가 드문 뒷골목으로 잠시 걸어가자.

이모가 경영하는 '메이드 카페'에 도착했다.

사전에 연락은 안 했지만, 입구에는 오픈 중이라고 적힌 간판이 있었으니 괜찮겠지. 문을 열자 '띠리리링♪'하고 손님을 알리는 소리가 가게 안에 울려 퍼졌다.

"다녀오셨어요, 주인님♪"

"이모, 안녕."

"이모가 아니에요~ 메이드인 치리치리랍니다♪ 그리고

이모라고 부르지 말랬지? 누나라고 불러☆"

"우와아."

"……질색하지 마라, 애송아. 귀엽잖냐."

그야 어린 시절부터 알고 지낸 친척의 영업용 스마일은 조금 그랬다.

30대치고는 어린 외모라서 어울리지 않는다고는 말 못 하지만.

"치리 언니, 안녕."

한차례 인사가 끝난 걸 노린 건지.

오랜만에 만나는 치리 이모에게 살짝 낯가림을 발동한 시호가 내 뒤에서 빼꼼 얼굴을 내밀었다.

"오, 시호잖아. 너는 제대로 '언니'라고 부를 줄 아는군. 착하지."

"에헤헤~."

시호를 보자마자 이모는 나를 무시하고 그녀에게 다가가 머리를 거칠게 쓰다듬기 시작했다.

이 사람, 귀여운 여자애를 좋아한단 말이지……. 시호도 아주 마음에 든 모양이다.

"돈이 필요하면 언제든 알바하러 와. 시호의 메이드복은 이미 준비해놨으니까."

"어? 저기, 하지만……!"

"여전히 귀엽잖냐! 정말이지 최고야."

"고, 고마……."

"오늘은 어쩐 일로 왔어? 코타로와 데이트? 그래, 그럼 알바는 다음에 하자. 우선 잘 놀다 가. 요즘 맛있는 케이크를 들였거든. 그거 먹고."

"네, 넵."

이모의 기세에 시호는 내내 휘둘리고 있었다.

"치리 이모, 진정해. 시호는 양아치에 익숙하지 않다고."

"이모라고 부르지 마. 그리고 양아치도 아니고……. 나 참, 너는 전혀 귀엽지 않다니까. 자, 적당히 앉아. 원가의 10배 정도로 파는 멜론 소다를 먹여주마. 서비스료란 참 편리한 단어라니까."

여전히 날강도 같은 상술이라고 느끼면서도 아무튼 자기 사람에게는 친절한 이모에게 고마워했다. 올 때마다 무료로 이것저것 먹여주기 때문에 고등학생의 지갑에는 무척이나 감사하다.

마침 손님도 없으니 딱 좋은…… 여기 괜찮은 건가?

매번 올 때마다 아무도 없는데, 정말 잘 운영되고 있는 걸까. 마음에 걸렸지만, 이모가 기분이 좋아 보이니 괜찮은 거겠지?

자세한 건 뭐 됐다.

우선 구석 자리에 앉자, 이모가 바로 음료를 가져다주었다.

"옛다, 시호의 멜론 소다. 코타로는 찬물이면 되지? 좋아. 그리고 케이크는 지금 먹을 거냐?"

"나는 나중에 먹을게. 우선은…… 오므라이스를 부탁해."

"으음, 그럼 나는 코타로랑 같은 걸로!"

"오냐. 케이크는 디저트로 가져다주마. 그러면 전자레인지에 돌려서 가져올 테니까 잠깐 기다려."

가능하면 수제로 줬으면 좋겠지만, 이 메이드 카페는 거의 모든 식품이 인스턴트인 듯하니 어쩔 수 없다.

"오늘은 다른 메이드는 없는 걸까?"

이모를 기다리는 동안 시호가 주변을 둘러보며 중얼거렸다.

확실히 아직 이모 말고 다른 메이드를 본 적이 없다.

처음 우리가 여기에 왔을 때 응대했던 '아리메 씨', 검은 머리 가발을 쓰고 변장한 메리 씨도 오늘은 없었다.

"아쉬워라……. 오므라이스가 맛있어지는 주문 걸어달라고 하고 싶었는데."

"아직 근무 시간이 아닌 걸까? 이모에게 물어볼까."

그로부터 잠시.

오므라이스 2인분을 쟁반에 담아 온 치리 이모에게 아리메 씨에 관해 물어보았다.

"아리메? 그 녀석은 최근 계속 쉬고 있어. 뭔가 바쁘다는 것 같던데?"

메리 씨, 아직도 뭔가 하고 있나? 학교도 여전히 휴학 상태고……. 2학년이 되어도 복학하지 않았는데, 혹시 이제 안 다니는 건가?

그녀와는 2학년이 된 뒤로 한 번도 만나지 않았다. 마음에 걸리긴 하지만 메리 씨의 현재 상태를 확인할 방법도 없으니 어떻게 할 수가 없다.

뭐, 메리 씨라면 어디선가 잘 지내고 있을 테지만.

"아리메 없구나……. 그럼 치리 언니가 주문 걸어줄래?"

"…………진심? 조카 앞에서?"

"……안 돼?"

"아니, 안 되는 건 아니야! 그렇게 귀여운 얼굴로 졸라대면 거절할 수 없지……. 좋아, 간다! 메이드 근성을 보여주겠어."

나에게는 보여주지 않으면 좋겠는데……. 이모에게는 메이드로서 자존심이 있는 모양이다. 부끄러움을 버리고 영업용 스마일을 풀 파워로 전개했다.

"맛있어져랑. 맛있어져랑. 모에모에 큥♪"

평소보다 목소리를 한 톤 올려서 가증스럽게 애교부리는 말투를 쓰며 두 손으로 하트 마크를 만드는 이모.

……친척이 아니었다면 귀여워 보였을까.

평소에는 담배를 뻑뻑 피우며 '술 마시고 싶다' 같은 소리만 하는 타입의 인간이니까, 애교 가득한 멘트가 전혀 어울리지 않았다.

"와아, 굉장해라!"

하지만 시호만은 기뻐했으니 사소한 건 됐다.

신경 쓰지 않고 나도 오므라이스를 먹기 시작하려는 그 때였다.

띠리리링♪

손님을 알리는 소리가 울렸다.

아무 생각 없이 고개를 들고 문이 있는 방향을 보자……
정장을 입은 여성이 서 있었다. 눈 밑에는 짙은 다크서클이 보이고 안색이 나빠서 건강이 참 안 좋아 보이는 사람이었다.

"다녀오셨어요, 아가──씨?!"

"치리, 어른 한 명."

"아, 아니. 이건 일이거든! 따, 딱히 신나서 주문을 걸어주고 있는 게 아니거든!!"

"뭘 부끄러워하는 거지? 그게 네 일이잖아."

"하, 하지만, 쪽팔린다고……! 아니, 올 거면 연락부터 해, 언니!"

치리 이모의 언니.

즉 나의 '어머니'다.

"──!"

나도 모르게 숨을 삼키고 자리에서 일어났다.

그제야 간신히 어머니가 있는 위치에서 내가 보인 듯했다.

"치리, 손님이 너를 부르……."

아무래도 어머니는 이쪽이 잘 보이지 않았던 모양이다.

우리를 메이드 카페의 손님이라고 생각했던 것 같다.

하지만 내가 일어나는 바람에 얼굴이 또렷하게 보인 거 겠지.

눈이 마주치자 그제야 내 존재를 알아차렸다.

"……코타로?"

평소에는 움직이지 않는 표정에 미약한 동요가 섞인다.

"치리, 어떻게 된 거지? 코타로가 있다면 말했어야지."

"뭐? 언니가 연락도 없이 온 건데, 어떻게 알려주라는 거야."

"그건 그렇다만…… 타이밍이 나빴던 모양이군."

하지만 동요는 바로 사라졌다.

순식간에 평소와 같은 무표정으로 돌아간 어머니는 바로 나에게서 시선을 돌렸다.

"다음에 다시 오지. 경영 상황을 들으려고 했는데, 나중에 와야겠어."

"뭐? 아, 코타로가 있어서? 뭐야, 잠깐 기다려. 여기서 도망쳐서 어쩌겠다고."

"그렇다고 여기에 있을 수는 없잖아. 방해밖에 되지 않을 테니."

차가운 말투로, 이모가 말리는 것도 뿌리치듯이.

어머니는 발걸음을 돌려 가게에서 나가려고 했다.

"어머니."

그 순간 무의식중에 목소리가 새어나갔다.

하지만 너무 작았기 때문에 어머니에게는 들리지 않았다. 문을 열고 당장에라도 나가려 하고 있다.

그러나…… 맞은편에 앉아 있던 그녀에게는 들린 모양이었다.

"'어머니'? 어, 설마…… 코타로의 어머니?!"

그 자리에 감돌던 긴장감을 날려버리듯 커다란 목소리로 외친 시호.

맛있게 오므라이스를 먹던 그녀는 입구로 시선을 옮기고는…… 어머니의 모습을 확인하자마자 눈을 반짝반짝 빛냈다.

"아앗! 닮았어…… 코타로의 어머니다!!"

마치 사람 좋아하는 강아지처럼.

힘차게 의자에서 일어나 쏜살같이 입구를 향해 달렸다.

"밤에 전화하지. 나중——엑?!"

치리 이모에게 말하는 도중이었다.

어머니의 등에 시호가 힘껏 돌격하듯 달려들었다.

그 탓에 어머니는 숨이 막힌 모양이었다. 웬일로 발음이 헛나왔다.

"뭐, 뭐야 대체⋯⋯!"

표정에 경악이 섞였다.

하지만 시호는 어머니의 반응을 신경 쓰지 않았다.

아니, 지금의 그녀에게는 주변이 보이지 않는다. 그저 어머니를 똑바로 바라보고 있었다.

"안녕하세요!! 시모츠키 시호입니다. 코타로와 교제하고 있습니다! 어머님이신가요? 어머님이시죠?! 만나 뵙게 되어서 기뻐요! 우후후, 정말 닮았다⋯⋯. 눈매가 똑같아!! 아, 하지만 다크 서클이 있네. 제대로 푹 자지 않으면 안 돼요, 어머니! 우리 엄마도 항상 건강이 최고라고 그러거든요. 바쁘세요? 아, 그리고 보면 코타로가 워커 홀릭이라고 그랬었지. 항상 열심히 하시다니 대단하세요! 하지만 가끔은 쉬면서 코타로와 아즈냥을 만나주세요. 특히 아즈냥은 아직 어린아이에다 응석받이라 제대로 교육하는 게 좋다고 보거든요? 제가 언니 대신 보살피고 있지만 하도 건방져서 말하는 걸 전혀 안 듣더라고요. 정말이지, 하지만 그런 점도 귀여우니까 자꾸 어리광을 받아주는 코타로의 마음도 이해하지만, 역시 단호하게 말해줘야 한다고 보는데요!"

⋯⋯흥분했다.

시호는 어머니를 만나서 굉장히 흥분한 상태였다.

이렇게 폭주하는 시호를 보는 건 오랜만이다.

그건 아마…… 막 만났을 무렵이었던가. 나와 처음 잡담할 수 있게 된 게 기쁘다면서 이 정도로 기나긴 말의 홍수를 쏟아냈었다.

그로부터 시간이 지나 시호도 다소 침착해지긴 했다.

하지만 어머니를 만난 기쁨에 감정을 제어해주는 나사가 빠져버린 모양이다.

"와아. 코타로의 어머니…… 분위기가 똑같아! 전혀 긴장도 안 되고 엄청 다정할 것 같고, 놀란 얼굴이 멋져♪"

그렇다.

시호가 어머니에게는 전혀 긴장하지 않았다. 나, 리이, 잇테츠 씨에게도 첫 만남 때부터 자연스러운 태도이긴 했지만 아무래도 어머니도 그 대상에 들어간 모양이다.

"저기, 저기! 점심 같이 안 드실래요? 좀 더 많이 대화하고 싶은데."

"아, 아니. 나는 이만, 돌아갈 건데……."

시호의 따발총 세례에 어머니는 상당히 난처해하고 있었다.

그 무기질적인 어머니가, 당황하고 있다.

하지만 고개를 저어 시호를 거절하려고 했다.

여느 때의 어머니처럼 타인과 자신 사이에 선을 긋고 일정한 거리를 유지하려고 한다.

아들인 나조차 어머니는 타인처럼 대한다.

당연히 시호에게도 똑같이 대응했다.

하지만──시호는 강적이었다.

"조금만, 안 돼요? 치리 언니, 어머니 많이 바빠?"

"지금은 시간 있을걸? 여기에 왔다는 건 점심시간이라는 거니까. 언니, 고집부리지 말고 솔직하게 굴어."

"내가 있으면 두 사람에게 방해가 될 텐데……."

"그렇지 않아요!"

"……신경 써주는 거라면 필요 없어. 네가 코타로의 여자친구로서 도리를 지키려 하는 마음은 좋게 평가하마. 하지만 나는 코타로의 행동에 간섭하지 않겠다고 약속했으니까."

"그렇구나! 이해했어요. 그러면 음료는 멜론 소다면 될까요?"

"아무것도 이해하지 못했잖아."

"점심은 뭘 드실 건가요? 여기 오므라이스는 편의점이랑 비슷한 맛이라 맛있으니까 추천드려요!"

"그, 그러니까 돌아가겠다고 말하는 게 안 들리는 건가?"

"안 들립니다!"

"…………."

어머니가 한층 당황했다.

입을 다물고 어떻게 해야 좋을지 모르겠다는 듯 주위를 두리번두리번 둘러보고 있다.

그러고는 나와 눈이 마주치더니…… 이번에는 시선을 돌리지 않고 이쪽을 바라보았다.

『코타로, 어떻게 좀 해 봐.』

　마치 도움을 요청하듯.

　어머니가…… 그 어머니가, 당황했다.

　그걸 보고 나도 당황하고 말았다.

　처음으로 인간미를 느꼈다.

　항상 무기질적이고 얼음처럼 차가웠다. 감정을 겉으로 드러내는 일이 거의 없었고, 내 앞에서는 늘 냉철하고 무서운 사람이었다.

　하지만 시호를 앞에 둔 어머니를 보고 있으면 무섭지 않았다.

　시호가 치대자 반응하기 곤란해하는 모습을 보고 있으니 오히려…… 친근감마저 느껴질 정도였다.

　마음은 이해해, 어머니. 폭주한 시호에게 대화는 안 통하니까……. 자기의 뜻을 오기로라도 굽히지 않거든.

　그러니까 이미 무슨 말을 해도 소용없어.

　포기하는 게 낫다고, 여전히 나를 보며 도움을 요청하는 어머니를 향해 고개를 저었다.

　"치리 언니. 오므라이스랑 멜론 소다요!"

　"오냐. 바로 준비할 테니까 잠깐 기다려, 언니."

　"……아, 알았어. 안 돌아갈 테니까 우선 커피와 샌드위치로 바꿔줘. 이 나이에 오므라이스와 멜론 소다는 아니지."

　그리고 어머니는 저항을 포기했다.

　무슨 말을 해도 시호는 들어주지 않는다고 체념한 듯 어깨를 축 떨궜다.

　역시…… 지금의 어머니는 내가 아는 어머니가 아니었다.

◆

　설마 이런 날이 올 줄은 꿈에도 몰랐다.

　"어머니, 설탕 여기 있어요. 커피는 쓰니까 많이 넣는 게 맛있거든요! 아, 이 커피 크림도 같이? 굉장히 달달해질 것 같아!!"

　"크흠. 커피는 블랙만 먹어. 그러니까 괜한 참견은…… 이, 이봐. 각설탕을 몇 개 넣은 거지? 잠깐, 크림 넣지 마. 나는 별로 안 좋아해."

　"아뇨, 감사합니다! 우후후……. 어머니도 참, 아즈냥을 닮아서 츤데레 속성도 갖고 있구나. 솔직하지 않기는."

　"'츤데레'가 뭔지 잘 모르겠지만 우선 네가 나를 오해하고 있다는 건 알겠어. 아니라고 확실하게 말하잖아."

　"우~. '너'가 아니에요. '시호'라고 불러주세요."

　"흠? 내게 이름을 불리고 싶은 건가? 아쉽지만 뛰어난 인간의 이름만 기억하는 주의라서. 이름을 기억하길 바란다면 그에 맞는 노력을 하도록."

"에잇!"

"아! 각설탕 그만 넣어!"

"에잇!"

"알았어! 시호……! 이러면 되나? 부탁이니까, 이 커피를 너무 달게 만들지 마. 이렇게 좋은 원두를……!"

"에헤헤~♪ 어머니가 이름을 불러줘서 기뻐요."

"강제로 부르게 했으면서……. 아니, 진정해 시호. 커피는 내 입맛에 맞춰서 맛을 조절하게 해줘."

시호가 강제로 어머니를 붙잡은 뒤.

우리가 앉아 있던 테이블에 어머니를 끌고 온 시호는 바로 옆에 앉아 아까부터 내내 말을 걸고 있었다.

때로는 스킨십도 섞으면서 달라붙어 있다. 그런 시호에 어머니는 완전히 휘둘리고 있었다.

역시 믿어지지 않는다.

그 어머니가 시호에게 당황하는 광경이 현실이 아닌 것 같았다.

"어머니♪"

"……나는 나카야마 카나다. 그렇게 부르는 건 이상하다고 생각하지 않는 건가? 너는——아니, 시호. 응, 시호. 그러니까 그 각설탕은 병에 돌려놔."

"그렇구나. 즉 어머니는 이름으로 불리고 싶다는 뜻……?"

"시호는 코타로의 애인이지만 아직 정식으로 결혼한 건 아니잖아? 그러니 나를 '어머니'라고 부르는 건 이상하다는 걸 지적하고 싶은데."

"알겠습니다, 카나링!"

"······아니, 그냥 '어머니'라고 해라. 카나링보다는 낫지."

위엄이 없다.

위압감이 전무하다.

차가운 분위기가 미지근하다.

그래서 지금의 어머니는 전혀 무섭지 않았다.

내 기억 속에 있는, 무기질적이고 냉철한 인간은 어디에도 없었다.

그 탓에 아까부터 어떤 표정을 지어야 할지 알 수 없다.

무슨 태도로, 무슨 표정으로, 무슨 표정으로 어머니를 대해야 하는 건지······ 전혀 알지 못한 채 멍하니 쳐다보았다.

여느 때였다면 시호는 그런 내 이변을 알아차리고 걱정했을지도 모른다.

하지만 지금은 어머니에게 열중해서 내가 보이지 않는 모양이었다. 덕분에 즐거운 분위기를 깨트리지 않을 수 있었다. 그게 무척 고마웠다.

조금만 더 마음을 정리하고 싶다.

나에게 어머니는 과거의 트라우마고 공포의 대상이었으니까.

나를 부정하기만 하던 사람이었는데.

내가 나를 엑스트라라고 믿게 된 원인인데.

마음대로 유즈키와 약혼시켜서 시호와의 관계를 망가트리려고 한 장본인인데.

어째서 지금의 어머니는…… 무섭지 않은 건지 이해할 수 없었다.

잠시 시호와 어머니의 잡담——아니, 시호의 치근덕거림이 이어졌다.

그걸 보면서 점심을 먹고 있었더니 어느새 오므라이스가 사라졌다. 시호도 말하면서 먹었는데 벌써 다 먹었다.

그걸 기다렸던 건지 이모가 이번에는 케이크를 가져왔다.

시호, 나, 그리고 어머니의 몫도 테이블에 올라왔다.

"슬슬 디저트 시간이지? 자, 케이크. 맛있다고."

"와! 잘 먹겠습니다~! ……으으음. 맛있어♪"

"그렇지? 마음껏 먹어도 돼. 아직 재고 많이 있으니까 가지고 가도 되는데…… 어쩔래?"

"진짜? 그럼 엄마랑 아빠랑 아즈냥에게 선물로 가져가야지. 그리고 지금 하나 더!!"

"벌써? 더 먹고 싶다면 직접 가지러 가. 겸사겸사 선물용으로 가져갈 것도 고르고. 상자에 담아주마."

"넵!"

시호가 자리에서 일어났다.

이모와 함께 카운터로 향했다. 도중에 이모가 의미심장한 눈으로 나와 어머니를 보았다.

아마도 시호를 데려간 건 이모의 책략이겠지.

일부러 나와 어머니를 둘만 남겨놓은 거다.

""…………""

시호가 자리를 뜬 순간 거북한 분위기가 흐르기 시작했다.

무슨 말을 해야 할지 알 수 없다.

아마 어머니도 나와 마찬가지일 것이다. 아무 말 없이, 불편한 침묵을 버티듯 커피를 마셨다.

"콜록. 콜록…… 역시 너무 달아."

다만 시호 때문에 커피가 지나치게 달아졌다. 어머니의 입맛에 안 맞는 건지 콜록거리며 눈꼬리엔 눈물이 맺혔다.

시호는 자리에 없지만 그녀의 흔적은 아직 남아있다.

그걸 깨닫자 어쩐지 힘이 풀렸다.

"내가 마실까?"

긴장이 풀려서 무의식중에 말을 걸고 있었다.

"좀 마셨지만, 이 물로 입을 헹구는 게 나아."

"괜찮겠나? 너도 단것은 별로 안 좋아했을 텐데."

"어머니보다는 나아."

그렇게 말하며 물을 내밀었다.

대신 어머니가 마시던 커피를 받아 한 모금 마셔봤다.

응, 굉장히 달다. 하지만 시호가 했다고 생각하면 웃음이 나와서 견딜 만했다.

시호는 역시 대단하다. ……그 어머니를 난처하게 만들다니, 좀처럼 쉬운 일이 아니다.

"……아."

그녀 덕분에 긴장감이 풀렸기 때문인 걸까.

이런 사소한 일에도 눈치챌 수 있었다.

"내가 단것 안 좋아하는 걸 알고 있었구나."

자식에게 관심이 없다고 생각했다.

하지만 아무래도 그건 착각이었던 모양이다.

"그래. 아들이니까 모를 리가 없지……. 네가 심심한 맛을 선호하는 것도, 에어컨의 냉기를 싫어하는 것도, 오른쪽으로 눕지 않으면 잠을 잘 못 자는 것도 알아."

제대로 보고 있었다.

나를 신경 써주고 있었다.

'어쩌면 나는——착각하고 있었던 걸까.'

나에게 어머니는 트라우마 그 자체라고 말할 수 있는 사람이다.

작년까지는 얼굴을 보기만 해도 긴장하는 상대였다.

하지만 지금은 다르다.

조금 전 시호에게 쩔쩔매던 그 표정을 보고 나자 오히려 친근감마저 느껴지는 게 신기했다.

나도 시호에게 내내 휘둘리곤 하니 어머니의 마음을 이

해할 수 있다.

시호의 행동은 악의가 없으니까 거절하지 못한단 말이지……. 어머니도 분명 그랬을 거다.

어쨌거나…… 나는 이제 어머니가 무섭지 않았다.

그래서 자연스러운 태도로 대할 수 있었다.

"흠…… 역시 이 케이크는 맛있군."

"케이크, 좋아해?"

"너무 달지 않다면. 이건 아마 네 입에도 맞을 거다."

그 말에 조금 전 이모가 가져다준 치즈케이크를 먹어봤다. 보기보다 달지 않고 고급스러운 맛이었다.

"응, 맛있네."

고개를 끄덕이자, 어머니도 동조하듯 고개를 끄덕였다.

"이건 근처 케이크 가게에서 파는 상품인데…… 내가 재료 공급처를 수배해 준 대신 이 메이드 카페에도 케이크를 제공하고 있어."

"어? 이모의 가게에 어머니가 협력한 거야?"

"엇나가던 치리가 메이드 카페를 경영하고 싶다고 했을 때는 놀랐지만. 옛날에 내 본가에서 '쿠루미자와 씨'라는 메이드가 일했거든. 아마도 그녀의 영향이겠지. 치리는 그녀를 잘 따랐으니까."

"쿠루미자와……?"

그 말에 떠올랐다.

처음 여기에 왔을 때였다. 치리 이모가 '쿠루미자와 씨라는 메이드를 동경해서 메이드 카페를 시작했다'고 말해주었다.

그때는 아무 생각도 없었지만…… 리이——쿠루미자와 쿠루리와 만난 지금은 굉장히 마음에 걸렸다.

무언가 관련이 있는 걸까.

"친구 중에 '쿠루미자와 쿠루리'라는 여자애가 있는데, 혹시 친척일까?"

궁금해서 물어보자, 어머니는 놀란 듯 조금 눈을 크게 떴다.

"뭐라고? 쿠루미자와 씨의 딸과 같은 이름이군."

"역시 그렇구나. 인연이 있었네……. 잇테츠 씨와도 만났어."

"서, 선생님과 만났다고?"

그리고 이번에는 조금이 아니라 아주 많이 크게 뜨면서 놀랐다.

"선생님? 아는 사이야?"

"……아무것도 아니야. 이 이상은 묻지 마라. 그리고 쿠루미자와 이야기는 이제 됐어. 본론으로 돌아가서…… 그래, 치리 이야기였지."

노골적인 태도로 화제를 전환하는 어머니.

궁금하지만 잇테츠 씨 이야기는 하고 싶지 않은 모양이

니…… 됐다. 다음에 잇테츠 씨를 만나러 갈 예정이니까 그때 물어봐야지.

"치리는 상업적 재능이 없으니까, 이 장소를 마련한 것도 나야. 서류 절차며 경영도 도와주고 있지."

"그렇구나……. 이모가 경영자라니 이상하다고 생각했는데, 어머니가 도와주는 거라면 이해가 가."

"정기적으로 이 메이드 카페의 상황을 보러 와. 오늘도 비즈니스를 위해 일본에 귀국했다가 시간이 난 김에 와 봤고…… 너희와 마주쳤지."

잡담이 이어진다.

철든 뒤로 어머니와 이렇게 오래 대화한 적이 없다.

하지만 위화감 없이 유창하게 대화가 이어지는 게 신기했다.

역시 '부모와 자식'이라서 그런 걸까. 처음으로 더 많이, 다양한 이야기를 해보고 싶다는 생각이 들었다.

"그러고 보면 너는 진로를 어떻게 할 거지? 전부터 신경 쓰였는데, 이 기회에 말해봐라."

아마 어머니도 나와 같은 마음인 건지도 모른다.

대화가 일단락된 뒤에도 공백 없이 거의 바로 다음 질문이 날아왔다.

"……대학은 시호와 같이 '키타바네 대학'에 가려고 해."

"진학인가. 그래…… 만약 취직한다면 네가 원하는 업계에 아는 사람을 소개하려고 했는데, 필요 없겠군."

······솔직히 말해서 순간 긴장하고 말았다. 내 진로에 대해 무언가 마음대로 정해놨을 거라고 생각했기 때문이다.

하지만 그 걱정은 기우였다.

"학부는 정했고?"

"아직 정하지 않았어. 솔직히 고민이야."

"그렇다면 어학 계통 학부를 추천하지. 영어를 잘하면 직업 선택의 폭이 넓어지니까."

"어학······ 역시 문과가 좋으려나."

"내가 보기에 네게는 잘 맞을 거야. 코타로가 영어를 할 줄 안다면 내 회사에서 일해달라고 하고 싶은 정도지."

"어? 내가?"

"너는 나와 다르게 '타인에게 긴장감을 주지 않는' 인간이니까. 그 성질은 비즈니스 자리에서 몹시 유용해. 언어의 벽이라는 건 굉장히 높아서 일본어밖에 못하는 인간은 외국인에게 신뢰받기 어려운 경향이 있어. 하지만 너라면 그 벽을 없앨 수 있을 거야."

경영자 시선에서 나오는 분석과 조언은 무척 참고되는 의견이었다.

역시 어머니는 나에 대해 제대로 생각해주고 있구나.

절대 자식이 어찌 되든 상관없다고 생각하는 냉혈한이 아니다.

전에 유즈키를 마음대로 약혼자로 삼은 사람이라 내 진로를 방해할지도 모른다고…… 그렇게 생각한 내가 부끄럽다.

"고마워. 참고가 됐어."

"다행이군……. 그리고 전에는 미안했다. 코타로의 의견을 무시하고 너무 성급하게 굴었어. 이 정도의 조언이 부모로서 적절한 거였나……. 반성하고 있어."

오히려 어머니는 면목이 없다는 듯 사과했다.

지금의 어머니는 적이 아니구나.

새삼 그 사실을 실감했다.

"으, 응……."

뭐라고 대답하면 좋았을까?

『괜찮아. 신경 쓰지 마.』

이런 가벼운 말을 돌려줄 상황이 아닌 것 같은 느낌이다.

지금의 어머니와 과거의 어머니는 마치 다른 사람 같다.

혹시 어머니가 변한 건가?

……아니, 아니야.

변한 건, 나인가?

과거 엑스트라 같은 나로서는 눈치채지 못했던 부분을 지금의 나는 이해하고 있다.

그래서 어머니의 다른 면모를 눈치챈 것뿐?

"음? 코타로…… 너 지금도 책을 읽는 거냐."

웬일로 어머니의 말수가 많다.

또다시 저쪽에서 나에게 말을 걸었다.

이번에는 내 발치에 놓여있는 짐에 시선을 보내고 있다. 거기에는 조금 전에 산 시호의 인형과 내 라이트 노벨이 담겨 있었다.

"가끔이긴 하지만. 어머니가 어릴 때 책을 읽으라고 그랬잖아. 계속 읽다 보니 습관이 되었어."

최근 책을 읽는 일이 줄어들기는 했으나 얼마 전까지는 한 달에 몇 권씩 꾸준히 읽었다.

그걸 말하자 어머니는 작게 웃었다.

……어? 웃었어? 그 어머니가?

"독서가로군……. 그래서 너는 다른 사람의 마음을 헤아릴 줄 아는 다정한 아이로 자란 거겠지. 어릴 때는 나와 똑같이 '인형' 같은 아이였는데, 지금은 감정이 풍부해졌어."

……역시 잘못 본 게 아니다.

어머니가 기쁘다는 듯 웃으며 나를 바라보고 있다.

"어릴 적의 코타로는 웃지도 울지도 않는 무표정한 아이였지. 나를 너무 닮아서, 나처럼 되지 말라고 많은 시행착오를 했고. 책도 정서 교육의 일환으로 도입한 거다. 너는 잊어버렸겠지만, 옛날에는 책을 많이 읽어주었어……. 그

성과가 지금의 너라면 조금은 어머니다운 일을 했던 건지도 몰라."

냉철하고 일밖에 모르는 인간인 줄로만 알았다.

하지만 역시 그건 착각이었다.

"'나 같은 인간'처럼 되지 않아서 다행이야. 다정하고, 솔직하고 착한 아이로 자라줘서 고마워."

아…… 그래.

어머니도 과거의 나와 같았구나.

자기긍정감이 낮고 자신감이 없다 보니 행동이나 판단에 망설이기만 하고……. 즉, 절대 마음이 강한 인간이 아니다.

어머니는 실수했던 것뿐이었나?

자식을 어떻게 대해야 하는지 알지 못했을 뿐, 딱히 자식에게 관심이 없었던 게 아니었다는…… 건가?

사랑은 있었지만 표현하는 방법이나 전달하는 수단을 몰라서…… 일로 도망쳤다거나?

그렇게 해석한다면 오늘의 언동도 이해할 수 있다.

지금까지 보인 행동의 의미도, 엇갈렸던 원인도…… 전부 어머니가 서툰 사람이었기 때문이라는 걸 간신히 이해한 느낌이 들었다.

이 사람은 나를 부정했던 게 아니다.

어머니는 자신을 부정했기 때문에 자기를 닮은 나에게

엄하게 대했던 거다.

지금 성장해서 변한 나에게서는 어머니를 닮은 부분이 줄어들었다. 그래서 이렇게 적절한 커뮤니케이션이 가능해진 건지도 모른다.

그렇다면 나와 어머니의 관계는——끝나지 않았다.

"음? 벌써 이런 시간인가. 미안해, 바쁜 건 진짜라서⋯⋯. 3시간 뒤에 이륙하는 비행기에 타야만 해. 먼저 실례하지."

아직 어머니와 관계를 수복할 수 있다.

그러기 위해 가장 필요한 건 '시간'이다.

"다음에 귀국했을 때는 연락해. 집에도 돌아와 주면 좋고."

바로 가족다워지는 건 어려울지도 모른다.

하지만 조금씩 시간을 들인다면⋯⋯ 분명.

지금의 나라면 괜찮다.

어머니도 오해하지 않고 받아들일 수 있을 것이다.

"⋯⋯하지만 불편하지 않고?"

"오히려 돌아오지 않는 게 불편해. 지금까지 나와 아즈사를 방치했으니까 조금은 돌봐줘."

"흠⋯⋯ 아픈 곳을 찌르는군. 부모로서 의무를 다하라는 건가? 생활비를 주는 것만으로는 안 돼?"

"의무가 아니라, 아무튼⋯⋯ 의지하게 해줘. 곤란할 때나 고민이 있을 때 옆에 있어 달라고. 어머니가 없으면 고생이니까."

"그런가? 그래…… 이런 어머니라도 괜찮다면."

"응, 부탁할게. 나에게 어머니는 한 명뿐이니까."

앞으로는 무서워하지 말고 제대로 말을 걸자.

어머니에 대해 더 알고, 나에 대해서도 알아달라고 하자.

그렇게 하면 분명, 언젠가…… 평범한 모자가 될 수 있을 것 같다.

"그럼 다음에 귀국할 때 연락하마."

"응. 다음에 봐, 어머니. 아, 건강은 조심하고. 몸 상할라."

"그래…… 걱정 끼치지 않도록 노력하지."

어머니가 자리에서 일어났다.

그러자 케이크를 고르던 시호가 알아차리고는 허둥지둥 돌아왔다.

"앗! 어머니, 벌써 돌아가세요? 이거 제가 고른 케이크예요!"

"……내 취향과는 조금 다른 것 같은데."

"에이, 겸손하시긴."

"겸손이 아니야……. 국어를 똑바로 공부해—— 아니, 이런 말을 해도 소용없겠구나. 고맙다, 시호. 받아두마. 그리고 내 아들을 잘 부탁해."

"네! 코타로를 행복하게 하겠습니다!"

"든든한 말이군. 코타로는 좋은 여자친구를 사귀었다고 생각해 두마."

"에헤헤~. 어머니, 다녀오세요!"

시호가 천진난만하게 손을 흔들었다.

나도 따라서 손을 흔들며 어머니를 배웅했다.

"다녀와, 어머니."

"어, 어어…… 다음에 또."

어머니도 손을 마주 흔들어주었지만, 어딘가 동작이 뻣뻣하다.

하지만 그건 기분이 안 좋아서가 아니다.

익숙하지 않아서 어색할 뿐이다.

"다녀오마."

작별 인사를 마지막으로 어머니가 가게를 나섰다.

그 뒷모습은 어딘가 기뻐 보였다.

제3화

✻ 정말 좋아하는 스토리

오랜만에 책을 읽었다.

"후우……."

심야. 책을 읽고 난 뒤 특유의 피로감과 뿌듯함에 한숨이 나왔다.

여름방학은 평소보다 늦게 자도 괜찮기 때문에 독서하기에 딱 좋다.

평범하고 수수한 소년이 대단한 미소녀와 친해진다──는 내용인, 흔한 러브 코미디였다. 라이트 노벨로서는 클리셰일지도 모른다.

이건 중학생 때 키라리가 가르쳐준 작품이다.

라노벨을 좋아하는 그녀가 추천한 책은 다 재미있었지만, 그중에서도 나는 이 작품을 가장 좋아했다.

1권이 발매된 뒤로 슬슬 3년이 지났다. 구간은 5권으로 완결을 맞았다.

많은 일이 있었지만, 결과적으로는 다들 행복해지고 스토리는 막을 내렸다.

주역도 조역도 불행한 캐릭터는 아무도 없다. 너무 편의주의적이라고 생각하는 사람이 있을지도 모르지만, 나는 이런 해피 엔딩을 참 좋아한다.

대단히 만족스러운 작품이다.

다 읽은 지금, 이제 더는 읽을 수 없다는 아쉬움과 재미있었다는 만족감이 뒤섞인 '카타르시스'가 찾아와 잠시 감상에 잠겼다.

역시 글을 읽는 건 기분 좋다. 이 감각은 책을 좋아하는 사람밖에 모르는 감각일 것이다.

옛날에는 이렇게 몇 권씩 책을 읽었다.

덕분에 픽션 작품에는 상당히 자세해졌다고 본다.

『독서가로군……. 그래서 너는 다른 사람의 마음을 헤아릴 줄 아는 다정한 아이로 자란 거겠지.』

메이드 카페에서 어머니에게 들은 말이 문득 뇌리에 떠올랐다.

그로부터 며칠이 지났지만, 어째서인지 이 말을 계속 잊지 못하고 있다.

어머니는 정서교육의 일환으로 나에게 독서를 시켰다고 한다.

나는 시키는 걸 아무 생각 없이 따랐을 뿐이었다. 하지만 확실히 독서는 나에게 큰 영향을 준 건지도 모른다.

나는 항상 다른 사람의 심정을 생각한다.

그건 아마 책 속 캐릭터의 심정을 '읽는' 감각에 가까울지도 모른다.

'요즘 책을 잘 읽지 않게 되었는데…… 그런 걸 깨닫게

해주니까, 역시 정기적으로 책을 읽는 게 좋을지도 몰라.'

독서를 마친 뒤 이렇게 생각에 잠기는 것도 늘 있는 일이다.

"……슬슬 잘까."

내일은 시호와 함께 잇테츠 씨를 병문안하러 간다. 오후에 가는 거라 별로 일찍 일어날 필요는 없으나, 계속 멍하니 깨어있을 수도 없다.

나는 책을 책꽂이에 돌려놓은 뒤 바로 잠자리에 들었다.

◆

"코타로. 여기가 친구 집 맞지? 네비는 여기라고 하는데."

"네, 아마 괜찮을 거예요……."

현재 나는 자동차 조수석에 앉아 있다. 아니, 정확하게 말하자면 반강제로 앉게 되었다.

운전석에는 은발의 미녀. 시호가 10년 뒤에는 이렇게 될 것 같다는 생각이 들 정도로 쏙 빼닮은 외모의 여성이다.

그녀의 이름은 시모츠키 사츠키. 시호의 어머니다.

"굉장히 으리으리한 집이야."

"저도 설마 이렇게까지 엄청날 줄은 몰랐어요."

그런 사츠키 씨와 나는 앞유리창 너머로 보이는 대저택을 올려다보면서 넋이 나가 있었다.

자동차 내비게이션 왈, 여기가 '쿠루미자와 저택'이라고 해서 깜짝 놀라는 중이다.

"청소하기 힘들 것 같아. 대문에서 현관까지 멀어서 불편하지 않을까."

이 호화 저택을 앞에 두고 이런 말을 할 수 있다는 점에서 역시 시호의 어머니다. 독특한 관점에 무심코 웃어버렸다.

"바래다주셔서 감사합니다."

"운전하는 거 좋아하니까 신경 쓰지 마."

원래는 전철과 버스를 타고 올 예정이었는데, 시호에게서 그 이야기를 들은 사츠키 씨가 차로 데려다준 덕분에 쉽게 올 수 있었다.

아무래도 사츠키 씨는 드라이브가 취미라 운전에도 익숙한 듯했다. 내비게이션을 따라 거침없이 나아가는 모습에서 든든함을 느꼈을 정도다.

시호가 우리 집에 놀러 올 때도 거의 사츠키 씨가 태워다준다고 한다. 시호는 절대 인정하지 않지만, 방향치라서 바래다주시는 게 정말로 고맙다.

"슬슬 약속 시각이니까 가볼게요."

"그래. 코타로와 이야기 나눠서 좋았어……. 얘, 시이. 이젠 도착했으니까 계속 삐져있지 말고 빨리 기분 풀어."

사츠키 씨가 기가 막힌다는 듯 그렇게 말하자 뒷좌석에서 툴툴거리며 잠들었던 시호가 간신히 눈을 떴다.

그러나 아직 기분은 안 좋아 보인다. 표정이 부루퉁하다.

"하지만 엄마가 코타로를 빼앗았잖아."

"가끔은 뭐 어때. 조수석에 태워서 대화한 게 다인데."

"나도 코타로와 대화하고 싶었다고!"

"뒷자리에서 참석해도 되잖니?"

"소외감 느껴져서 싫어. 그리고 코타로 옆에 앉고 싶었어."

"하아…… 사랑이 무거운 건 나를 닮아서 그런가. 어쩔 수 없지, 저녁은 시이가 좋아하는 카레와 햄버그와 닭튀김 만들어 줄 테니까 용서해줄래?"

"으으. 어, 어쩔 수 없으니까 용서할게. 엄마 고마워!"

"천만에. 식욕에 약한 점은 아빠 판박이구나."

이렇게 훈훈한 모녀 싸움은 대충 막을 내렸다.

입맛을 사로잡았다는 건 이런 걸 말하는 거겠지. 바로 기분이 좋아진 시호가 차에서 내려 내 옆으로 다가왔다.

"시이? 코타로? 안전에는 조심하렴. 무슨 일 있으면 연락하고."

마지막으로 그렇게 남긴 뒤 사츠키 씨의 차가 떠나갔다.

자…… 이제부터 리이와 잇테츠 씨를 만나러 가는데.

"역시 으리으리한 건물이야……. 인터폰 눌러도 괜찮을까."

"이거 진짜 집이야? 무슨 시설 같은 게 아니라? 굉장해라……."

부지는 운동장 정도. 건물은 체육관 정도?

쿠루미자와라는 집안이 부자라는 건 들었다. 하지만 상상했던 것보다 더 대단한 규모에 당황하고 말았다.

하지만 시호는 나보다 빨리 정신을 차렸다.

"딩동."

입으로 소리를 내는 것과 동시에 가늘고 하얀 손가락이 인터폰을 눌렀다.

『누구십니까?』

젊은 여성의 목소리. 사무적이고 억양이 없어 의도적으로 감정을 죽인 듯한 차가운 목소리였다. 적어도 리이는 아닌 모양이다.

"저, 저기, 그러니까."

낯가림도 다소 완화되었다고 하나 시호는 아직 타인에 익숙하지 않다. 리이가 아닌 상대에게 말을 머뭇거렸기에 대신 대답하기로 했다.

"나카야마 코타로와 시모츠키 시호입니다. 쿠루미자와 쿠루리를 만나러 왔습니다."

신분을 밝히고 리이의 이름을 꺼내면 통과…… 될 줄 알았다.

『아가씨께 일정이 있다는 이야기는 듣지 못했습니다. 돌아가 주시죠.』

하지만 설마 상대도 해주지 않을 줄은 예상하지 못했다.

"아니아니! 잠깐 기다려주세요…… 쿠루리에게 확인해 주시면 안 될까요? 잇테츠 씨를 만나기로 했는데요."

『돌아가 주십시오. 방문판매는 거절합니다.』

무기질적인 목소리가 인터폰 스피커 너머로 울린다.

마치 감정이 없는 듯한 상대방은 우리의 이야기를 들어 줄 것 같지 않았다.

"그, 그럼…… 맞다!"

이렇게 된 이상 어쩔 수 없다. 다른 수단으로 리이에게 직접 전화를 걸기로 했다.

처음부터 이렇게 하는 게 빨랐던 건지도 모른다.

『뭐야? 아니, 갑자기 전화 걸지 마! 네 이름이 액정에 뜨면 심장에 안 좋으니까……. 아, 딱히 이상한 의미는 아니거든! 깜짝 놀랐다는 뜻이거든?!』

귀엽게 츤데레를 발휘하고 있는 와중에 미안하지만, 지금은 무시하고 상황을 설명했다.

"어? 벌써 집에 도착했다고? 근데 안에 안 들여보내 줘? ……설마! 그 망할 메이드가?! 자, 잠깐 기다려, 당장 갈 테니까!!"

당황한 듯 전화가 끊어져서 잠시 기다리자.

『아! 뭐야 너희들. 그 핑크에게 직접 전화했지?! 그건 반칙이잖아……! 윽, 아야! 엉덩이 때리지 마! 그렇게 폭력만 휘둘러대니까 츤데레의 인기가 추락했다는 걸 왜 모르는 건데?!』

『시끄러워! 츤데레라고 하지 마!』

이번에는 스피커 너머로 언쟁하는 게 들렸다.

한쪽은 리이의 목소리다.

그리고 다른 한쪽은⋯⋯ 조금 전 사무적인 목소리로 우리를 거절한 사람과 비슷했다.

하지만 지금은 조금 전보다 감정이 담겨 있다. 마치 의도적으로 목소리를 바꾼 것처럼 전혀 다른 목소리다.

그리고 이 목소리는 어디선가 들은 적이 있는 목소리다. 어쩐지 이상한 감각이었다.

설마?

만약 내가 상상하는 인물의 목소리가 맞다면 쿠루미자와 저택에 있는 이유를 알 수 없다. 그러니 아마 아닐 것이다.

응, 당연히 그렇지.

『나카야마, 시모츠키. 미안해. 바로 문 열 테니까 들어와. 잠시 걸으면 현관에 도착할 테니까 기다릴게.』

『오, 오지 마! 이런 모습 보여주기 싫어⋯⋯ 코타로에게만은 절대로!!』

『입 다물어. 적당히 하지 않으면──.』

말다툼 도중에 스피커가 꺼졌다.

직후 문이 자동으로 열리며 우리를 안으로 들여주었다.

"무, 무슨 일이지? 뭐가 뭔지 잘 모르겠어."

"응…… 우선 가볼까."

낯가림이 발동했기 때문인 걸까.

혹은 정체를 알 수 없는 인물의 목소리에 겁을 먹은 걸까.

시호는 불안해하는 표정으로 나에게 딱 달라붙어 걸었다.

그리고 몇 분. 드디어 도착한 현관 입구는 이미 열려 있었다.

문 옆에서 두 명의 인물이 우리를 기다리고 있다.

한 명은 핑크색 트윈 테일 소녀, 쿠루미자와 쿠루리다.

그리고 다른 한 명――금발 벽안의 미녀였다.

본 적이 있다, 고 해야 할지…… 아는 사람이다. 나쁜 예감이 제대로 적중했다.

"왜 메리 씨가?"

그 껄끄러운 인물이 어째서인지 쿠루미자와가에 있다.

심지어 메이드복을 입고 있어서 더욱 알쏭달쏭했다.

"쯧. 쫓아내지 못해서 유감이야."

"너. 손님에게 그런 식으로 말하지 마. 감봉한다?"

"뭐, 뭐라고?! 그것만은…… 그것만은 안 돼!"

두 사람은 무슨 관계지?

지금 대화를 듣고 있으니 리이가 윗사람인 느낌이다.

이래서는 마치 피고용인과 고용주 같다.

"우선 두 사람에게 사과해."

"………….."

"흐응? 그럼 이번 달 월급은 50% 삭감."

"젠장! 알았어, 사과하면 되지? 죄송합니다!"

"하면 잘하네. 나는 말 잘 듣는 사람을 좋아한다고."

"으윽…… 굴욕적이야. 보지 마…… 코타로, 이런 나를 보지 말아줘. 비참하고 안쓰럽고 한심한 패배 캐릭터를 보지 말라고!"

그렇게 말해도 곤란한데.

이미 봐 버렸으니 애매모호하게 웃을 수밖에 없었다.

"나카야마, 시모츠키. 우리 집에 잘 왔어. 그리고 우리 메이드가 무례를 저질러서 미안해. 제대로 재교육할 테니까 이번에는 관대하게 봐줘."

"그건 괜찮은데…… 설명은 듣고 싶어."

"말하면 길어지니까 안에 들어와. 자, 메이드? 안내는 네가 해야 할 일이잖아?"

"……젠장."

분하다는 듯 이를 악물면서도 메리 씨는 우리를 안내하듯 걷기 시작했다.

자유분방하고 타인의 의견 같은 건 거들떠보지도 않는 폭군 같던 메리 씨가 순순히 리이가 시키는 걸 따르고 있다.

이건 터무니없는 사태였다.

어지간한 사건이 있었던 거겠지……. 메리 씨가 쿠루미

자와 저택의 메이드가 된 경위를 꼭 알고 싶었다.

"······으으. 코타로, 저 사람 역시 무서워."

한편 시호는 계속 메리 씨에 겁을 먹고 있었다.

한때는 같은 반이었으니 시호에게도 일단은 아는 사람이다. 그렇지만 양호한 관계라고는 할 수 없겠지.

문화제 때는 불꽃이 튀기던 두 사람이기도 하다. 그때는 나를 지키기 위해 시호가 용기를 내주었지만, 지금 시호에게선 당신의 모습이 전혀 없었다.

"저런. 팔자 한번 좋구나? 시호. 지금도 코타로 뒤에 숨어있는 거니? 지켜주는 왕자님이 있어서 잘됐네. 부럽기 그지없어. 공주님은 항상 보호받는다니 불평등한 세상이라고 생각하지 않아?"

이 안에서 유일하게 시호만 메리 씨에게 위축되어 있다. 그걸 알아차린 건지 메리 씨가 표적을 바꾸었다.

그녀다운, 비아냥거리는 말투로 늘어놓는다.

하지만 그건 한순간이었다.

『철썩!』

마른 소리가 울렸다.

그건 리이가 메리 씨의 엉덩이를 때리는 소리였다.

"적당히 안 하면 엉덩이 팡팡할 거야."

"이미 했잖아! 손을 댄 뒤에 말하지 말라고!"

"시모츠키에게 겁주지 마."

"지적과 체벌의 순서가 바뀌었어! 정말이지, 이래서 폭력 츤데레 히로인은 미움받는 거야⋯⋯. 너무 시대착오적이라니까. 미운털 박힌 패배 속성!"

『철썩!』

"마, 말도 없이 때리지 마. 아프지는 않지만, 마음이 아파⋯⋯."

"착각하지 마. 너만 특별한 거야. 평범한 사람을 때리거나 하진 않거든."

"나도 평범한 사람이라면?"

"평범한 사람은 상대방이 두려워하는 얼굴을 즐기지 않아. 성격 참 고약하지⋯⋯ 나 원."

역시 두 사람 사이에는 명확한 주종관계가 있는 모양이다.

덕분에 메리 씨의 시호 괴롭히기도 금방 끝났다.

"코타로⋯⋯!"

하지만 시호는 완전히 겁쟁이 모드다. 아직 불안한 표정을 짓고 있길래 안심하라고 그녀의 등을 쓸어주었다.

"우웅⋯⋯ 에헤헤."

조금은 마음이 편안해진 걸까. 시호는 작게 웃어주었다.

우선 시호에게는 시간이 조금 필요하겠지. 어쩌면 메리 씨에게도 익숙해질지도 모르니까 진정될 때까지 기다리기로 했다.

그렇게 목적지에 도착했다.

안내받은 장소는 응접실……이라고 부르나? 8첩 정도 되는 방에는 마주 보고 놓인 2인용 소파가 한 쌍, 중앙에는 테이블이 놓여있었다.

한쪽 소파에 앉자 바로 옆에 시호가 앉았다.

"실례. 나도 앉을게."

그리고 어째서인지 나를 사이에 두고 시호 반대편에 메리 씨가 앉는 바람에 갑자기 좁아졌다.

2인용 소파인데 시호, 나, 메리 씨 세 명이 나란히 앉은 상황이다.

"메리 씨, 맞은편이 비어있는데?"

"상석은 주인에게 양보해야지. 나는 순종적인 메이드거든."

"아니, 좁으니까 비켜달라는 뜻을 은연중에 담은 말이었어."

"'은연중'이라는 단어의 의미를 몰라? 그렇게 대놓고 말하지 말라고."

아니, 이 사람이 말의 의도를 이해하지 못했을 리가 없다.

알면서도 일어날 마음이 없는 모양이다. 다리를 꼬더니 오히려 나에게 달라붙어서 난감했다.

"으으. 코타로? 알지?"

"그야 아주 잘 알지."

아까부터 계속 시호가 질투하고 있다는 것쯤은 이미 눈

치채고 있다. 내가 다른 여자와 밀착한 게 마음에 안 드는 거다.

"메리 씨…… 아까부터 닿아."

"닿는 게 아니야. 누르는 거지. 자자, 거유야. 시호에게는 없잖아? 나로 갈아타면 마음대로 해도 되는데."

"홋."

"코웃음?! 이봐, 코타로! 거유에 관심이 없다니, 남자 맞아?"

어떻게 할까.

메리 씨의 달짝지근한 향기와 시호의 부드럽고 달콤한 향기 사이에 끼어서 나도 모르게 쓴웃음이 나왔다.

샌드위치 상태를 타개하려고 시도해봤지만, 잘 풀리지 않았다.

그러나 그녀는 항상 이럴 때 나를 도와준다.

"망할 메이드, 비켜. 그 쓸데없이 큰 가슴으로 난감하게 만들지 마. 그런 천박한 살덩어리보다 조신하고 적당한 크기를 좋아할 게 뻔하잖아. 그렇지? 코타로."

리이가 도움의 손길을 내밀었다.

도움의 손길…… 맞겠지? 어쩐지 압박감도 느껴지지만, 아무튼 메리 씨는 리이의 말만은 잘 듣는 모양이다.

"코타로는 빈유파가 되고 말았나. 쳇. 이러면 빼앗지 못하잖아. 작전 실패야."

아니, 딱히 큰 것도 싫은 건 아니거든? 하지만 말했다간 이번에는 리이가 언짢아할 것 같으니까 가만히 있자.

메리 씨는 투덜투덜 불평을 흘리면서도 얌전히 일어나 공간을 비워주었다.

"휴우. 드디어 앉았네."

"……좁은데."

편하게 앉을 수 있게 되었다고 생각한 것도 잠시.

이번에는 리이가 내 옆에 앉는 바람에 무의미해졌다.

"미안, 리이. 시호가 질투하니까 반대쪽 소파에 앉아주지 않을래?"

"어라? 시모츠키, 나 여기 앉으면 안 돼?"

"……쿠루리는 괜찮아. 저 사람이 아니라면 참을 수 있어."

오, 시호가 웬일로 리이를 받아들였다.

내가 다른 여성과 붙는 걸 싫어하는데…… 메리 씨를 어지간히 경계하는 모양이었다.

"저런. 그렇게 적대시하지 않았으면 좋겠는데……. 나는 아무 짓도 안 해. 뭐, 지금은 안 한다기보다는 '못 한다'고 하는 게 정확하지만."

노골적인 태도를 보이는 시호에게 메리 씨가 쓴웃음을 지으며 맞은편 소파에 앉았다. 다리를 꼬아서 마치 나에게 팬티를 보여주는 듯한 자세다.

그래도 두근거리지 않는 게 신기했다. 메리 씨는 연애

대상에 들어가지 않는 거겠지.

내 입으로 말하는 것도 조금 그렇지만, 나는 시호를 참 많이 좋아하는 모양이다. 여성의 체형이나 패션에 취향이 없었는데, 지금은 시호 같은 타입이 좋아졌다.

반면 메리 씨는 시호와 정반대 스타일이라고 표현해도 과언이 아니다. 그래서 가슴을 들이밀든 팬티를 보여주든 아무 느낌이 없었다.

"오오, 코타로. 팬티를 보고 얼굴이 새빨개지……지 않았잖아?! 이, 이렇게 쭉쭉빵빵한 금발 여고생 메이드의 에로틱한 서비스를 받고도 무표정하다니 제정신이야?"

"훗."

"또 비웃었어! 자, 자신감이, 내 자신감이 무너진다……."

이전에는 그렇게 당당하던 메리 씨가 지금은 살짝 울상이다.

약간 얌전해졌다.

하지만 리이는 이 정도로 만족하지 않는 것 같았다.

"너, 사용인이 주인과 대등하게 앉는 게 이상하다고 생각하지 않아?"

"안 생각해. 왜냐하면 나는 이 중에서 가장 가슴이 크니까."

"가슴 크기 말고는 우열을 가르지 못하다니 어리석고 비참한 생물이구나. 감봉당하고 싶어?"

"쯧. 아 예, 알겠습니다! 일어나면 되는 거지?!"

소파 하나가 통째로 비어있는데도 메리 씨는 앉을 수 없는 모양이다.

어쩔 수 없다는 듯 일어났는데도 리이는 메리 씨를 한층 몰아세웠다.

"내려다보네?"

"대체 어떡하라고?"

"바닥에 무릎 꿇고 앉으면 되잖아."

"……젠장."

설마 평범하게 서 있는 것조차 허락하지 않는다니.

리이는 메리 씨에게 상당히 가혹했다. 아마 평소 행실이 문제인 거겠지. 사소한 대화에서도 리이를 헐뜯어 대고 있으니 자업자득이다.

"코타로, 저 사람은 역시 위험해. 너를 유혹하는걸."

"그래 맞아, 시모츠키. 조심해…… 코오타로를 덮칠지도 몰라."

"응! 코타로는 우리가 지키자."

설마 했던 보호 대상 지정.

뭐…… 확실히 메리 씨는 내 상위호환 같은 존재이니 그녀를 능가할 자신이 없다. 보호받는 게 안전한 느낌도 드니까 얌전히 두 사람에게 몸을 맡기기로 할까.

"크으윽. 내가 모든 것을 잃지만 않았다면……. 시호와 쿠루리 같은 건 엉엉 울게 만들 수 있는데."

한편 메리 씨는 분하다는 표정으로 이쪽을 노려보았다.

무릎을 꿇고 올려다보면서 눈꼬리에 눈물이 맺혀있으니 무섭진 않다.

오히려 귀여움이 느껴질 정도다. 그 항상 냉정 침착하고 대담무쌍하던 메리 씨와는 전혀 다른 표정은 그녀답지 않았다.

대체 무슨 일이 일어나서 메리 씨는 리이의 메이드가 된 걸까?

내 옆에서 뺨을 살짝 붉히고 있던 리이가 그 경위를 가르쳐주었다.

"어? 이걸 메이드로 삼은 이유? 으음, 어떻게 설명해야 할까……. 일어난 일을 있는 그대로 설명하자면 '주웠다'고 밖에 표현할 길이 없는데."

마치 길고양이를 데려온 듯한 말이었다.

바로 믿기는 어려운 설명이었다. 하지만 리이는 농담이 아닌 모양이었다.

"골든위크에 아는 사람의 경조사가 있어서 미국에 갔거든. 그때 길거리에서 푹 젖어있던 애를 발견했더니 그만 못 본 척할 수가 없어서."

정말로 길고양이 같은 상황이었다.

메리 씨의 부모님은 세계적으로도 손꼽히는 자산가로

기억한다. 우연히 비 오는 날에 길에 서 있었을 뿐……이라고 생각하는 게 자연스럽다.

주워 왔다는 의미를 잘 이해할 수 없다.

그 설명은 아무래도 본인이 해줄 모양이었다.

"……주워준 건 고마워. 설마 하룻밤 만에 집과 자산을 전부 잃을 줄은 몰랐으니까. 무일푼으로 막막해하고 있던 차에 이 핑크가 집으로 데려왔어."

아무래도 메리 씨에게는 상상보다 더한 일이 일어났던 것 같다.

"그건 무척 고생이었겠네. 수고했어."

"쯧. 내가 몰락한 원인 중 하나는 네 망할 영감에게 비즈니스에서 패배한 것도 있거든? 그대로 뒤졌다면 좋았을 텐데, 쓸데없이 원기가 왕성해져서는!"

"쌤통이다──라고 하면 돼?"

"하지 마! 젠장……. 뭐, 아무튼 망할 영감 건은 어디까지나 계기에 불과해. 그게 전부는 아니지."

그 메리 씨가 몰락한 이유라.

전혀 짐작 가는 게 없었기에 조용히 귀를 기울였다.

"석 달 정도 전이었던가? 어느 날 갑자기 우리 아버지가 경영하는 회사가 망했어. 경합하던 타사에 당한 걸 계기로 뒤에서 저질렀던 악행을 내부 고발하는 사람이 나왔지. 신뢰하던 부하에게 배신당한 데다 세금 처리에도 불비가 발견되었고…… 아수라장이었지. 덕분에 아버지는 자산을 대부분 잃었어. 지금은 이제 장사는 지긋지긋하다면서 어머니와 함께 시골에서 은거 생활 중이야. 청경우독인 거지……. 전보다 지금이 더 행복한 건지 열받을 만큼 평화로운 나날을 보내는 모양이더군."

"부모님을 따라간다는 선택지는 없었어? 생활할 자금도 없는 주제에 독립이라니 어리석은 것도 정도가 있지."

"……일단 계획은 세워놨어. 내가 독자적으로 벌어서 운용하던 자산이 있었거든. 그것까지 기적적인 폭락으로 날아가 버렸지만."

그렇구나……. 정리하자면, 이런저런 불운이 겹쳐서 모든 걸 잃어버렸다는 건가.

"뭐, 사건 하나하나는 놀랍긴 해도 예상한 범주였어. 뭔가 하나라도 불행이 일어나지 않았다면 내 상황에 변화는 없었겠지. 남은 무기를 기반으로 얼마든지 재건할 수 있어. 하지만 모든 일이 한꺼번에 일어난 거야. 천문학적으로 낮은 확률이겠지. 이 내가 망연자실해지는 것도 무리가 아니란 생각이 들 정도로 불행했어."

메리는 그 이유를 이렇게 말했다.

"마치 '신'이 나를 버린 것처럼——말이지."

그녀의 시선은 시호에게 똑바로 꽂혀 있었다.

"혹은 불순물로 처리되었다거나? 절대적인 존재에 저항하다가 패배한 대가를 치른 건지도 몰라. 덕분에 나는 '자본'이라는 힘의 원천이 사라져서 '만능'이라는 권능을 잃었어. 그 후로 뭘 해도 잘 풀리지 않는 나날이 이어지고 있지. 덕분에 자신감도 사라졌고 판단력도 둔해졌어. 지금의 나는 평범한 금발거유 메이드이자 섹시 담당 캐릭터에 불과해. 치트키 같은 힘은 이제 없어."

단언할 수 있다. 메리 씨는 시호 때문에 불행해진 게 아니다.

하지만 그녀는 아마…… 시호에게 원인이 있다고 분석한 모양이다.

그녀 특유의 '메타적인 사고와 고찰'의 결과인 거겠지.

"메인 히로인에게 저항하는 금기를 범한 죄가 이거라니까. 하아, 정말 난감해라……. 대체 누가 원인인 걸까?"

물어보면서도 시선은 시호에게 고정되어 있다.

"아아, 어차피 무의식이겠지? 나 같은 건 전혀 안중에 없었다는 건 명백해. 하지만…… 나는 포기하지 않아. 아무리 구정물을 뒤집어쓴다고 해도 그 목을 물어뜯어 주겠어."

……어쩐지 이상한 분위기가 흘렀다. 조금 전까지는 코미디였는데 어느새 메리 씨의 독특한 분위기에 삼켜지고 있다.

"메인 히로인…… 두고 보라고."

그러고 보면 과거 메리 씨에게서도 이런 분위기가 감돌았다.

"윽……."

오랜만에 느끼는 으스스한 감각에 살짝 움츠러들었다.

시호도 완전히 겁에 질려서 옆에 앉은 내 손을 살며시 붙잡았다.

이대로면 메리 씨가 주도권을 잡아버릴 것 같다……고 생각한 그 순간이었다.

"야. 이해할 수 없는 소리로 사람들을 난처하게 만들지 말라고 전도 말했었지? 네 망상은 일기장에나 쓰라고."

냉정한 목소리가 메리 씨의 분위기를 깨트렸다.

"……망상이 아닌데 말이야. 이러니까 자기가 캐릭터라는 자각이 없을 만큼 약캐는――."

"감봉."

"……젠장! 모, 모처럼 시리어스로 전환할 수 있을 것 같았는데! 너는 항상 나를 방해해…… 싫어! 정말로 너무 싫어."

리이의 한마디에 메리 씨는 항복할 수밖에 없었다.

아무래도 쿠루미자와 쿠루리라는 소녀는 메리 씨에게 항체를 지니고 있는 모양이다. 마치 천적이다. ……재미있을 정도로 메리 씨의 뜻대로 움직이지 않는 존재다.

"둘 다 미안해. 이 망할 메이드는 가끔 이상한 소리를 하거든. 스토리가 어떻다는 둥, 캐릭터가 어떻다는 중 이해할 수 없는 소리니까 무시해. 원래 이런 생물이라고 생각하면 돼."

그녀의 발언으로 메리 씨의 말에 '헛소리'라는 낙인이 찍힌다.

덕분에 창작자의 신비로운 발언이 아니라 개그 캐릭터의 오글거리는 발언으로 격하되었다.

쿠루미자와가에 있는 한…… 메리 씨는 아마 위협이 되지 않을 것 같다. 그리 경계하지 않아도 될 듯해서 조금 안심했다.

메리 씨는 항상 상황을 휘저어 놓는다. 적이 되기도 하고 아군이 되기도 하는 애매모호한 존재라서 골치 아프다.

지난번에 아키하바라로 데이트하러 간 뒤 한 번도 만난적이 없었는데도 항상 머리 한구석에서 존재감이 사라지지 않았던 건 그 때문이다.

하지만 앞으로는 천적 리이가 제어해 줄 테니 그리 무서워하지 않아도 될 것 같다.

"그러고 보면 내 방, 청소가 안 되어있던데? 거기 불쌍한 메이드는 그 이유를 알아?"

"당연히 알지, 왜냐하면 내 일이니까. 게으름을 피운 거야, 멍청하긴! 누가 시대착오 폭력 츤데레 히로인을 돌볼

줄 알고? 미움받는다는 걸 자각하도록 해!!"

"흐응? 주인님에게 그런 태도를 보이다니 참 대단하신 메이드네. 다음 달은 무료 봉사인가."

"큭…… 알았어, 청소하면 되는 거지?!"

"그래. 알면 됐어, 알면. 빨리 가."

마치 들개를 쫓아내는 듯한 동작으로 손을 까딱거린다.

이미 메리 씨의 턴은 끝났다.

그렇게 말하듯 리이는 그녀를 쫓아냈다.

"……저래 보여도 일은 잘한단 말이지. 청소도 꼼꼼하고 요리는 뭐든 만들 줄 알고, 커피나 홍차를 시키면 쟤보다 더 잘하는 메이드가 없어. 성격이 멀쩡했다면 불만이 없었을 텐데."

리이는 한숨을 쉬었다.

평소에도 골머리를 썩이는 모양이다. 동정심이 들지만, 해줄 수 있는 일은 없으니, 쓴웃음을 짓는 게 전부였다.

"자, 그 가슴 말고는 장점이 없는 메이드 이야기는 이쯤 하고…… 맞다, 할아버지를 만나러 온 거였지?"

드디어 본래의 목적이 화제에 올랐다.

오늘 우리가 여기에 온 건 리이의 할아버지──쿠루미자와 잇테츠 씨를 만나기 위해서다. 수술이 성공해서 건강해지긴 했으나 역시 직접 얼굴을 보면 안심할 수 있으니, 정기적으로 만나고 있다.

"맞아. 할아버지를 만나러 온 거였지!"

메리 씨 때문에 시호는 완전히 잊어버렸던 모양이다.

"이미 퇴원하셨지?"

사전 연락으로 잇테츠 씨는 퇴원해서 이 쿠루미자와 저택에 돌아왔다고 들었다.

그렇다면 이 저택 어딘가에 있을 줄 알았는데.

"그게, 퇴원이 늦어지고 있어. 사실은 오늘 이 집에 돌아올 예정이었는데."

"어? 그럼 할아버지…… 아직 덜 나은 거야?"

설명을 듣고 나와 시호의 표정이 바뀐 걸 알아차린 모양이다.

리이는 당황한 듯 고개를 저었다.

"아, 아니야. 딱히 상태가 악화거나 한 건 아니고. 의사 선생님이 조금만 더 회복 상황을 지켜보고 싶다고 했나 봐."

우리가 생각하는 것만큼 나쁜 상황은 아니라는 걸까?

"원래는 이렇게 일찍 퇴원하지 못하는…… 정말 큰 병이었으니까. 마지막으로 한 번만 더 검사받고, 문제가 없다면 퇴원하나 봐."

"어…… 그럼 잇테츠 씨는 건강하신 거야?"

"적어도 병원으로 스테이크를 배달시키려고 했다가 혼날 정도로는 건강해."

"……다, 다행이다아."

이야기를 듣고 시호는 불안해하는 표정에서 미소로 돌아갔다.

우선 상황이 나쁘지 않은 모양이라 나도 안심했다.

"미안해. 괜한 걱정을 끼쳐서……. 그런 이유로 이 집에는 아직 안 돌아왔어. 지금은 삐져서 병원에서 자는 중. '병원식은 이제 질렸어. 늙은이라고 밍밍한 맛을 좋아할 거라 생각하지 마'라더라."

잇테츠 씨다운 발언에 웃음이 나왔다.

식욕이 있다는 건 건강하다는 증거라고 본다.

그건 잘된 일이지만…… 그렇다면 우리를 여기에 부른 이유를 알 수 없다.

문병하러 간다면 지금까지 그랬듯 병원으로 직행하는 게 낫다. 하지만 쿠루미자와 저택에 온 건 리이가 오라고 했기 때문이다.

"참고로 검사는 오전에 끝났어. 각종 절차도 밟아야 하니까 퇴원은 모레에 할 것 같아."

"그럼 오늘은 병원에 가는 거야?"

"그럴 거긴 한데. 그 전에 좀, 만나줬으면 하는 사람이 있어."

리이가 뭐라고 설명하려던 그 순간이었다.

"만나고 싶은 사람은——바로 접니다! 안녕 얘들아, 둘

다 처음 보는 거지~?"

좋게 말하자면 발랄하고 나쁘게 말하자면 조금 시끄러운 목소리로 방에 들어온 여성.

복장은…… 메리 씨와 마찬가지로 메이드복이다. 호리호리하면서도 키가 커서 모델 같은 느낌이었다. 다만 머리카락이 빨간색과 파란색의 투톤 컬러라 참으로 특이했다. 어울리긴 하지만.

나이는 겉으로 보기엔 판단할 수 없었다.

아마 우리와 10살 정도 연상인 것 같은데…… 아닌가? 10살보다 더 날 것 같기도 하고 덜 날 것 같기도 하다. 예쁜 외모 때문인지 연령 불명이었다.

쿠루미자와 저택에서 일하는 메이드 중 한 명인 걸까? 그런 그녀가 우리를 환한 미소로 바라보고 있었다.

"Hey! 둘 다 그렇게 깜짝 놀라다니 왜 그래? 아, 혹시 낯가림이 있어? 경계하지 않아도 괜찮아, 나는 어디에나 있는 메이드니까!"

"메이드는 어디에나 있지 않은데요."

"앗차! 그렇지!"

"……아하하."

난감하다.

이 사람, 에너지가 너무 넘쳐난다.

우선 웃기는 했으나 어떻게 반응해야 할지 알 수 없었다.

"네가 시모츠키니? 흠흠, 귀여워라!"

"어? 어? 어?"

"와락해도 돼? 와락!"

"으아아."

시호도 휘둘리고 있다.

허둥대고 있긴 했지만 일단 상대가 하는 대로 얌전히 끌어안겼다.

이 사람은 대체 누구지?

쿠루미자와 저택의 메이드인 줄 알았는데, 그런 것치고는 조금 과하게 자유분방한 느낌이다.

"으음. 의외로…… 오, 장래성이 있어 보여! 적어도 쿠루링쿄보다는 좋은데? 얘는 날 닮아서 몸매가 빈약하다니까~!"

"좀! 포옹 정도라면 괜찮지만, 성희롱은 하지 마, 엄마!"

…………엄마?

어? 이 사람이 리이의 어머니?!

침착하고 차분한 리이와 비교하면 분위기가 정반대라서 깜짝 놀랐다.

"안녕~! 쿠루링쿄의 마망이자 엄마이자 모친입니다♪"

"전부 같은 말이잖아. 결국 엄마라는 거 말고 정보가 없다고."

"참고로 나이는 비·밀☆ ……이라고 했지만, 사실은 영원한 17살입니다!"

"딸과 동갑인 엄마 같은 건 없거든! 엄마, 제발 좀!"

리이가 명백하게 쩔쩔매고 있다.

하지만 그녀의 어머니는 멈출 기색이 없었다.

"네가 코타로니? Yo!"

이번에는 나에게 다가와서 얼굴을 바짝 들이밀었다.

숨이 그칠 정도로 가까운 거리에서 쳐다보는 바람에 조금 당황하고 말았다.

"아, 안녕하세요. 나카야마 코타로입니다."

"나카야마! 흠흠, 오호?"

뭘 확인하는 걸까? 보기만 하는 게 아니라 코를 꼬집기도 하고 뺨을 쿡쿡 찔러댔다.

신기한 상태지만 가만히 있는 것도 민망했다.

"그, 리이의 어머니⋯⋯면 길어서 불편하니까, 이름을 가르쳐주실 수 있을까요?"

아까부터 궁금하던 걸 물어보았다.

하지만 이 사람은 역시 쿠루미자와 쿠루리의 어머니였다.

"이름은⋯⋯ 안 가르쳐주지 ♪ 아줌마라고 불러도 돼. 17살이지만!"

강적이다. 리이가 귀여워 보일 정도로 묻는 말에 솔직하게 대답하지 않는다.

나이도 이름도 메이드복을 입은 이유도 아무것도 알 수

없었다.

"좀! 엄마, 난감하게 하지 마!"

"꺄앙~. 쿠루링쵸도 참, 쉽게 화내지 말랬지! 코타로도 그렇게 생각하지 않니?"

"어, 아뇨…… 그게."

"움홋홋. 뭐야, 코타로 긴장한 걸까나? 그래그래, 귀엽구나! 어쩔 수 없지, 아줌마의 가슴이라도 만지면서 진정…… 아, A컵밖에 안 되지 참! 이거 큰일이야. 빨래판이잖아! 코타로, 만져서 키워줄 수 있어?"

"그만! 코오타로에게 저질스러운 소리하지 마!! 엄마, 그런 이상한 소리 안 하기로 약속했잖아?!"

리이는 자기 어머니의 행동에 당황하고 있었다. 보통 사람들 앞에서는 나를 '나카야마'라고 부르려는 것 같았는데 지금은 여유가 없는 건지 옛날 호칭으로 돌아갔다.

뭐, 그녀는 감정적이 될 때면 가끔 '코오타로'라고 불렀지만…… 그건 일단 됐고.

"엄마가 꼭 만나고 싶다고 해서 소개한 건데, 내 얼굴에 먹칠하지 마!"

"그랬지~! 시모츠키, 코타로, 들어줄래?! 나는 계속 두 사람을 만나고 싶었는데 쿠루링쵸가 막는 거야. 오늘은 넙죽 엎드려서 마구 울며 떼쓴 덕분에 간신히 만나게 되었어♪ 너무 기뻐서 팬티를 안 입었지 뭐야!! 코타로, 보고 싶어?"

"당연히 안 되지! 제발 저질스러운 소리 하지 마."

……리이는 아마도 의도적으로 어머니에 대해 숨겼던 모양이다.

지금까지 몇 번 잇테츠 씨를 병문안하러 갔는데도 부자연스럽게 친척을 마주치지 않는다고 생각했는데……. 그래, 리이가 막고 있었나.

"둘 다 미안해. ……우리 엄마는 바보거든."

"chu! 바보라서 미 · 안 · 해♪"

"……볼일 다 봤으면 돌아가! 두 사람에게 인사했으니까 됐지?!"

"에이~ 싫어싫어, 더 놀고 싶어! 시모츠키의 머리카락을 콩카콩카하고 싶고 코타로를 날름날름하고 싶어!!"

"──나가!!"

아, 리이가 폭발했다.

어머니에게 달려들어 목덜미를 잡았다. 그대로 질질 끌어 방에서 쫓아내려고 한다.

리이의 어머니는 그래도 웃으면서 우리…… 아니, 나를 계속 보고 있었다.

"훌쩍훌쩍, 벌써 끝이라니 아쉬워라. 뭐, 됐어……. 코타로, 많이 컸구나. 응, 아줌마는 참 기뻐♪"

"……네?"

그 말은 마치 어린 시절의 나를 아는 것 처럼 들리는데.

"또 만나♪ 카나카나와 치리치리에게 인사 전해줘~!"

"잠깐, 저기!"

"어? 우유 먹고 싶어? 어쩔 수 없네…… 쿠루링쵸가 먹은 뒤로 안 먹여봐서 나올지는 모르겠지만, 이리 온♪"

"나올 리가 없잖아!! 돌아가!!"

자세히 물어보고 싶은 것도 있었는데 발언 하나하나가 리이의 분노를 자극하는 바람에 아무런 질문도 할 수 없었다.

카나카나와 치리치리라면, 내 어머니인 나카야마 카나와 이모인 이치죠 치리를 말하는 거지?

그렇다면, 맞다……. 옛날에 두 사람의 친정에서 일하던 메이드가 있었고, 그 사람의 이름이 '쿠루미자와 씨'라고 했다.

며칠 전 메이드 카페에서 어머니도 그런 이야기를 했었다. 그 쿠루미자와 씨라는 인물이 리이의 어머니인 건가?

이 부분에 대해서 조금 더 자세히 알고 싶다.

가능하다면 리이에게 물어보고 싶은 것도 있었지만.

"미안해. 정말로 미안해! 내 잘못이야. 엄마가 두 사람을 꼭 만나고 싶다고 울더니 심지어 내 발을 핥으면서 애원해서 거절하지 못하는 바람에. 엄마의 저런 모습은 보고 싶지 않았어. 딸에게 굽신거리지 말라고, 좀!"

얼굴이 새빨개져서 화내고 있으니 이 이상 어머니에 대해 이야기하는 건 좋지 않을 것 같다. 나와 엮이지 않은 일은 기본적으로 냉정한데 어머니 관련으로는 흥분하는 일이 많은 모양이다.

이렇게 되면 어쩔 수 없다. 나중에 기분이 좋을 때라도 노려서 물어볼까.

우선 리이의 어머니는 충격적이었다.

……그러고 보면 시호는 무슨 반응을 보였을까? 궁금해서 그녀를 살펴보자.

"우, 우유…… 으으."

어째서인지 얼굴이 빨개져서 나를 흘겨보고 있었다.

리이와 계통은 다르지만, 이쪽도 벌겋게 달아오른 상태다.

"시호, 왜 그래?"

"코타로는, 마시고 싶어? 벼, 변태……. 아니, 하지만 남자는 그런 생물이라고 인터넷에서 본 적 있어. 그렇다면, 으…… 부끄럽지만."

"대체 무슨 소리야?"

"모유. 마시고 싶다면…… 나올지는, 모르겠지만."

"마시고 싶단 소리 한 번도 안 했거든?!"

어느새 내가 변태가 되어있어서 진심으로 유감이었다.

리이의 어머니도 농담으로 말했을 뿐이겠지. 하지만 시

호는 진심으로 받아들인 모양이다.

"나는 괜찮아! 각자 개성이 있는 거니까……. 응, 놀라기는 했지만, 받아들일 준비도 됐어. 코타로, 자신을 숨기지 않아도 괜찮아."

"안 숨겼어! 하나도 안 숨겼다고!!"

진짜 좀, 왜 이러는 거야. 나는 그런 변태가 아니야!

……하지만 이 대사야말로 변태의 대사 같다는 생각이 드는 게, 참 신기하지?

◆

그로부터 잠시.

리이와 시호가 간신히 진정된 뒤 우리는 쿠루미자와 저택을 나섰다.

이 집에는 리이의 어머니와 만나기 위해서 불려 온 모양이었다. 그 과정에서 메리 씨와 마주쳤다는 게 되려나.

용건이 끝났으니, 이번에는 본래의 목적인 '잇테츠 씨 병문안'을 가는 중이다. 쿠루미자와가에서 소유한 리무진을 타고 쾌적하게 이동한 뒤 병원에 도착했다.

접수대에서 절차를 마치고 병실로 직행. 문은 닫혀 있었으나 리이가 노크도 하지 않고 홱 열어젖혔다.

"할아버지, 왔어. 아직 살아있지?"

"당연하지. 여기 병원식이 최후의 만찬이 될 바에야 저 승사자에게 아첨해서라도 이승에 매달릴 거다."

잇테츠 씨다운 말에 미소가 나왔다.

리이에 이어 병실에 들어가자…… 몸집이 큰 노인이 침대에 누워 있었다.

"건강하시다니 다행이에요."

"애송이…… 아니, 코타로구나. 너도 온 거냐."

말을 걸자 잇테츠 씨가 이쪽으로 고개를 돌렸다.

70살을 넘긴 나이로는 보이지 않을 만큼 탄탄한 육체와 날카로운 안광은 무뎌지지 않았다. 가까이 있기만 해도 위축될 것 같은 압박감은 이 사람 특유의 아우라다.

하지만 잇테츠 씨는 그녀를 보자마자 평범한 호호할아버지로 변모했다.

"할아버지, 안녕."

"오! 시호 아니냐, 잘 왔구먼~. 애, 여기 오너라. 그 귀여운 얼굴을 더 보여주지 않겠냐. 과자도 많이 있단다."

"와! 과자다~ ♪"

아마도 병문안 선물이겠지. 침대 옆에 쌓여있던 과자를 미끼로 시호를 낚으며 히죽히죽 웃고 있다.

보는 내가 민망해질 정도로 사랑이 넘쳐난다.

"나 참……. 시모츠키가 있으면 노골적으로 기분이 좋아지는 게 열받는단 말이지."

시호를 귀여워하는 잇테츠 씨와 귀여움받고 기뻐하는 시호를 보며 리이가 한숨을 쉬었다.

"리이를 대할 때랑은 태도가 변하는 게 참. 맘에 안 들어?"

만약을 위해 관계에 금이 가지 않았는지 물어보았다.

하지만 내 불안은 역시 기우로 끝났다.

"아니, 딱히……. 나는 오히려 저런 태도가 더 상대하기 힘드니까 지금이 딱 좋아. 가능하면 우리 말고 다른 사람에게도 평소에 좀 친절하게 대해 주면 좋겠는데……."

부루퉁한 얼굴이긴 하나, 잇테츠 씨의 건강해 보이는 모습을 보고 기쁜 건지 리이는 평소보다 표정이 밝았다.

"수술 전과 비교하면, 뭐."

확실히 그때와 지금은 천지 차이다.

시호 앞에서 잔뜩 풀어지는 건 건강하다는 증거이기도 하니, 그 부분으로 리이가 불만을 느낄 리가 없다.

"게다가 뭐라고 하지……. 시모츠키에게는 신기하게도 관대해질 수 있어. 나는 마음이 좁은 인간이지만 쟤와 관련된 건 어지간하면 용서하게 돼. 어쩐지 동생처럼 느끼는 건지도 몰라."

음, 실제로…… 친척이긴 하니 혈연으로 생각하면 가까운 관계다.

잇테츠 씨가 절연한 아들이 시호의 아버지다. 즉 리이의 어머니와 시호의 아버지가 남매니까, 사촌 자매다.

이걸 본인들은 아직 모르는 모양이니, 나도 입을 열 수가 없지만.

"할아버지. 있잖아…… 나 기말고사에서 낙제를 피했어! 굉장하지?"

"뭐라고?! 시호는 천재구나……! 그래, 상으로 무슨 소원이든 들어주마. 뭘 원하니? 돈? 땅? 권력?"

"무슨 소원이든 괜찮은 거지?! 그, 그럼…… 여름방학에, 친구들이랑 다 같이 바다에 가고 싶어. 그러니까 할아버지네 바다에 가도 돼?"

아, 그러고 보면 그런 이야기도 했었지.

전에 쿠루미자와가의 프라이빗 비치에서 놀아도 되는지 잇테츠 씨에게 물어보자는 이야기를 했는데, 시호가 그걸 기억하고 있었던 모양이다.

"고작 그런 걸로 되겠어? 물론 마음껏 쓰려무나!"

"만세! 할아버지 고마워!"

"허허허. 그쯤이야……. 그런데, 그게 전부냐? 시호는 욕심이 없구나. 아, 여기 있는 과자는 어떠냐? 제법 맛있어 보이는 게 많이 있는데. 많이 먹거라."

"와♪ 우후후, 할아버지는 항상 과자를 줘서 너무 좋아♪"

"그래그래. 그거 기쁘구나."

……아니, 아마 핏줄 같은 건 상관없는 느낌이 든다.

저 어리광과 그게 받아들여지는 모습을 보고 있으면 시

호에게 관대해지는 건 그녀의 성질이 원인인 것 같다.

"……확실히 어느 의미 천재야. 낯가림만 없었다면 아마 굉장한 인간이 되었을지도."

지금은 마음을 연 상대 한정이긴 하지만, 모든 사람에게 이런 태도였다면…… 확실히 터무니없는 사태가 되었을 것이다.

시호는 사랑받는 재능의 일인자인 건지도 모른다.

"와작와작."

시호가 햄스터처럼 과자를 먹기 시작하자 그제야 두 사람의 대화가 끝났다. 잇테츠 씨도 간식 먹는 걸 방해하지 않도록 말없이 싱글싱글 웃고 있을 뿐이었다.

그 틈에 드디어 리이가 잇테츠 씨 옆에 앉았다.

"할아버지, 검사는 어땠어? 오전에 받았지?"

"대충 양호였다. 입원 생활로 하반신에 힘이 약해진 건지 걸으면 조금 비틀거리긴 해. 한 달 정도 통원하면서 재활훈련을 받으면 회복하겠지."

"그래? 그건 뭐, 잘됐네."

응. 정말 다행이다.

우선 무사한 걸 확인했으니 나와 리이는 서로를 쳐다보며 웃었다.

이러니저러니 해도 검사라는 단어는 불편하다. 만에 하나를 생각해서 불안해지니까.

"코타로도 쿠루리도, 걱정 많은 성격은 손해 본다? 시호만큼 낙천적인 게 좋지……. 하지만 쿠루리. 네 엄마처럼 자라면 안 돼. 그 녀석은 낙천적인 게 아니라 그냥 '멍청이'니까."

"말하지 않아도 알아. 죽어도 엄마처럼은 안 될 거야."

"어휴, 애를 잘못 가르쳤어. 너무 자유롭게 풀어준 건지도 몰라."

리이의 어머니는 상당히 파격적인 기질인 모양이다. 아버지인 잇테츠 씨와 딸인 리이는 항상 휘둘리는 건지 둘다 험악한 표정을 지었다.

나는 재밌는 사람이라고 생각했지만, 남이니까 이렇게 말할 수 있는 거겠지. 가족이 되면 또 다른 반응을 할지도 모른다.

"엄마는 저녁에 온대. 그전에는 돌아갈게."

"그러냐? 그렇다면…… 쿠루리, 심부름을 부탁하고 싶은데. 근처 편의점에서 만쥬를 사다 주지 않으련?"

"달달한 군것질거리라면 많이 있잖아? 지금도 시호가 먹고 있는걸."

"양과자는 별로야. 화과자가 좋아."

"그래? 먹고 싶다면 사 오는데……. 나중에 엄마에게 시키는 건 안 돼?"

"그 녀석의 딸인 주제에 모르는 거냐? 그 녀석은 뭔가를 시키면 그 내용을 그대로 따르는 걸 싫어하거든. 괴롭힌다고 낫토를 사 올 가능성이 있어. 내가 싫어한다는 걸 알면서 말이지."

"……확실히 그렇네. 미안. 우리 엄마가 바보라서."

"사과할 필요는 없어. 오히려 나야말로 미안하다……. 딸이 바보라서."

또다시 동시에 한숨을 쉬는 두 사람을 보고 무심코 웃음이 나올 뻔했다.

뭐, 그건 그렇고. 아무튼 만쥬를 사 오는 거라면…… 리이가 가지 않아도 괜찮겠지.

"내가 갈까? 리이는 여기서 잇테츠 씨와 이야기 나눠."

할아버지와 손녀의 시간을 방해하지 않으려고 제안해보았다.

하지만 리이는 나를 조금 특별 대우하는 사람이라서.

"너한테 폐를 끼칠 바에야 할아버지에게 참으라고 하겠어."

"그건 안 되지. 코타로, 병원식은 무시무시할 정도로 밍밍하단 말이다……. 여기선 물러나라. 너는 여기에 있어."

제안은 바로 기각당했다.

리이와 잇테츠 씨가 그렇게 말한다면 어쩔 수 없지.

"아, 나도 가고 싶어! 할아버지에게 추천하는 찹쌀떡이 있거든."

"찹쌀떡이라고? 흠, 그럼 변경이다. 쿠루리, 만쥬가 아니라 시호가 추천하는 찹쌀떡을 사 와라! 기대하고 있을 테니까."

"알았어. 그럼 가자. 시호, 나에게서 떨어져서 미아 되지 마."

"걱정되면 손이라도 잡을래?"

"……뭐, 그래."

그렇게 시호도 심부름을 가게 되었다.

오붓하게 손을 잡은 두 사람이 병실을 나갔다.

잇테츠 씨는 그 뒷모습을 바라보며 웃고 있었다.

"좋은 광경이구나. 손녀를 동시에 둘이나 보는 날이 오다니……. 정말로 죽지 않아서 다행이야."

"두 사람을 위해서도 계속 건강 챙기세요."

"노력해야지. 네가 지펴놓은 목숨을 낭비하진 않으마."

요즘 잇테츠 씨는 상당히 기분이 좋다.

처음 만났을 때는 무뚝뚝했는데 표정이 무척 부드러워졌다.

나에게도 말을 많이 걸어주게 되었으니 기쁠 따름이다.

"모레 퇴원하신다고 들었는데, 정말이에요?"

"그래. 나로서는 당장에라도 퇴원하고 싶지만…… 담당 의사가 허락하질 않더군. 딸도 내가 퇴원하는 걸 반대하고 말이야. 다들 적이라니까."

"그런가요? 낙관적인 사람으로 보였는데, 의외네요."

"음? 그 녀석과 만난 적이 있는 거냐?"

"네. 조금 전 리이의 집…… 쿠루미자와 저택에서 만났습니다."

"오호. 쿠루리가 싫어했을 텐데, 떼를 쓴 모양이군. 그 애는 울면서 매달리면 약하니까, 결국 꺾인 거겠지."

역시 할아버지다. 분석이 적중했다.

"그래. 그 녀석과 만났다고…… 놀랐지?"

"어…… 음, 놀라긴 했죠."

독특함을 넘어서 파격적인 사람이었다.

종잡을 수 없고, 그 사람과 관련된 정보를 아무것도 듣지 못했다.

"딸이 폐를 끼친 모양이군. 미안하다."

"아뇨. 폐라고는 생각하지 않으니 괜찮습니다. 다만 이름을 가르쳐주지 않으셔서 조금 난처한 정도예요."

가능하다면 리이 어머니의 이름만이라도 알고 싶어서 이렇게 말해보았다.

하지만 아쉽게도 내 뜻대로는 되지 않았다.

"이름은 내 입으로도 말 못 해. 조금 예스러운 이름을 지어주는 바람에……. 그게 마음에 안 드는 건지 이름을 대기 싫어하거든. 예쁜 이름으로 지어주지 그랬냐며 항상 불만이야."

"그 말씀을 들으니 더욱 궁금한데요."

"……미안하다. 내가 이름을 알려줬다는 걸 알면 터무니없는 복수를 할 가능성이 있거든. 전에 한 번 화나게 한 적이 있는데…… 다시는 싫어."

위엄 있는 얼굴에 두려움이 번지는 걸 보면 농담이 아닌 모양이다.

리이의 어머니는 화나게 하면 무서운 사람인 모양이다.

"어디서 잘못 가르친 걸까……. 코타로니까 말할 수 있는 거지만, 내 미숙함 때문에 아들에게 매몰차게 군 걸 반성하고 딸에게는 아무 말도 없이 자유롭게 키웠거늘. 결과적으로는 너무 자유분방한 인간으로 키워버린 건지도 몰라. 정말 미안하다."

"그, 그렇게 사과하지 마세요. 폐가 아니었으니까요."

솔직히 리이의 어머니는 싫은 타입이 아니다.

밝은 사람은 좋아한다. 내가 어두운 성격이라 그런 사람이 옆에 있으면 즐거워진다.

다만 역시 그건 남이기 때문에 할 수 있는 말인지도 모른다. 친부모인 잇테츠 씨는 상당히 고생한 모양이다.

웬일로 푸념이 멈추지 않았다.

"명랑하고 쾌활하게 자란 건 좋아. 하지만 너무 활발해서……. 어릴 때는 애니메이션 영향으로 '나 메이드 할래!'라더니 마음대로 아는 사람의 집에서 일한 적도 있지. 너도 봤지? 그 녀석이 메이드복을 입고 있는 건 메이드를 지극히 사랑하기 때문이야."

……어라?

평상복이 메이드복이라니, 마치 치리 이모 같은데——아, 맞다!

이 부분도 물어보고 싶었다.

"저, 저기. 그 아는 사람의 집이 혹시 '이치죠가'인가요?"

어머니의 결혼 전 성을 꺼내자 잇테츠 씨가 고개를 크게 끄덕였다.

"그렇다만, 이치죠가는 어떻게 아는 게냐?"

"제 어머니의 친정이거든요."

그 한마디에 잇테츠 씨는 작게 숨을 내쉬었다.

"…………그러냐. 인연이란 참 신기하구나. 어디서 연결될지 정말 알 수가 없어."

어깨를 으쓱하더니 창문으로 시선을 옮겼다.

잇테츠 씨는 맑게 갠 하늘을 바라보며 작게 미소 지었다.

그 표정은 어딘가 기뻐 보이기도 했다.

대체 어떻게 된 걸까?

"너는 이치죠의 핏줄이었나. 치리…… 아니지. 그 불량아에 비하면 침착하구나."

"치리 이모를 알고 계세요?"

"잘 알다마다. 내 제자였으니까……. 카나도 그렇고."

설마 잇테츠 씨의 입에서 어머니의 이름이 나올 줄은 몰랐다. 정말로 인연은 어디서 연결될지 알 수 없다.

"제자라면, 교편을 잡으셨었던 거죠?"

"그래. 예전에 담임으로서 두 사람을 지도한 적이 있지. 반항기인 치리는 나를 멀리했지만. 카나는 착실하고 성적도 뛰어났던 걸로 기억해. 다른 사람과 잘 대화하지 않는 학생이었지만 나에게만은 모르는 문제를 가르쳐달라며 자주 부탁했었지."

……메이드 카페에서 어머니가 잇테츠 씨를 '선생님'이라고 불렀던 이유를 드디어 이해했다. 말 그대로 학교 선생님이었기 때문이다.

"원래 쿠루미자와 이치죠는 예로부터 교류가 있었다지. 현대에 와서는 관계도 흐릿해졌지만, 나는 남이 아니라고 봐. 그 인연이 있었기에 더 주의 깊게 봤었지."

쿠루미자와, 이치죠, 그리고…… 유즈키의 호죠가도?

오래된 가계라고 하니 조상님들끼리 친분이 있었다고 해도 이상하지 않은가.

"최근에도 카나가 비즈니스 상담을 했는데…… 그 녀석, 자식이 있다면 그렇게 말하면 좋았을 것을. 여전히 자기이야기는 안 하는 모양이구나."

다른 사람에게서 어머니의 평가를 듣는 건 어쩐지 신선했다.

항상 주관으로밖에 판단하지 못했으니, 객관적으로 어머니가 어떤 인간인지 굉장히 관심이 있었다.

"어머니는 어떤 사람이었나요?"

"……자기주장이 희박하고 담백한 소녀였어. 부모가 시키는 대로 다 따랐던 모양인데, 그 점에서는 오래된 관습의 희생자라고 할 수 있겠지. 주체성이 없고 호불호도 없는, 마치 인형 같은 학생이었어."

역시 그랬구나.

어머니는 나를 닮았다. ……아니, 정확하게 말하면 내가 어머니를 닮았다.

자신의 의지가 약하다.

"내버려 둘 수 없는 아이였어. 뭐, 다행인지 불행인지 우리 말괄량이 딸과는 나이 차이가 한 살밖에 나지 않아서…… 제 동생처럼 귀여워했고, 메이드라며 이치죠 가에 쳐들어간 것도 어쩌면 걱정했기 때문인지도 몰라. 치리도 포함해서."

치리 이모는 쿠루미자와 씨라는 메이드에게 큰 도움을 받았다고 말했다. 어머니도 상당히 신세를 졌던 걸까.

"어이구. 하다못해 그 멍청이가 카나에 대해 나에게 알려주었다면 더 일찍 코타로를 알 수 있었을지도 모르는데……. 영양가 없는 소리만 떠들어대는 주제에 중요한 말은 안 한다니까."

리이의 어머니는 아무래도 어머니가 결혼했다는 정보는 숨겼던 모양이다.

아까 만났을 때 내 얼굴을 보고 싶었다고 했으니, 아들이 있다는 건 알고 있었겠지. 그런데도 숨겼던 이유는…… 이래저래 복잡한 가정이라서 그런 걸까.

어머니도 그리 말하고 싶어 하지 않는 사정이니 리이의 어머니도 의도적으로 숨겼을 가능성이 있다. 아니면 아무 생각도 없어서 그런 건지도 모르고.

아무튼 이것으로 의문 하나가 해결되었다.

쿠루미자와가와 이치죠가——현재의 나카야마가는 옛날부터 인연이 있었던 모양이다.

"신기하구나. 딱히 의도한 것도 아닌데 카나의 아들이 내 은인이 되다니……."

"아뇨, 은인이라니 그 정도는 아니에요. 저야말로 어머니와 이모를 보살펴 주셔서 감사합니다."

"……인과라는 거겠지. 좋은 일도 나쁜 일도 언젠가는 나에게 돌아오는 법. 따라서 인간은 올바르게 살아야만 해."

오래 살아본 사람의 무게가 느껴지는 말씀에 자연스럽게 등이 꼿꼿해졌다.

이럴 때 잇테츠 씨가 옛날에 교사였다는 걸 새삼 실감한다.

엄하면서도 바른 선생님이었겠지. 그러니까 어머니가

지금도 잇테츠 씨를 존경하는 걸 테고.

"그런데 흠……. 너는 카나의 아들치고는 공감 능력이 아주 좋은데? 상대방의 마음을 제대로 헤아릴 수 있다는 건 네 장점이야."

어머니의 아들치고는, 이라.

그 발언이 어떤 가정을 확신으로 이끌었다.

어머니는 틀림없이 나보다 주체성이 약한 사람이었겠지.

자아가 희박하고 자기긍정감도 약하고, 그렇기에 자신을 사랑하지 못하고 타인도 사랑하지 못한다.

아들이라고 해도 어떻게 대해야 할지 알 수 없을 정도로는…… 인간으로서 서툰 사람이었다.

"카나와는 잘 지내고?"

"아뇨……. 실은 최근까지 양호하다고 할 수 없는 사이였어요."

"그러냐. 코타로, 부모라고 해도 불완전한 인간이라는 건 마찬가지야. 실패하기도 하지……. 내가 말하는 것도 우스운 일이다만."

네. 그걸 최근 제대로 이해하게 된 느낌이 듭니다.

어머니를 전혀 몰랐기 때문에 적이라고 생각했다.

하지만 그건 오해였다는 걸 드디어 확신할 수 있었다.

"그래도 걱정할 필요 없겠구나. 코타로라면 카나도 받아들일 수 있겠지? 내 손녀의 남자친구니까."

"그렇게 말씀하시면 물러설 곳이 없는데요……. 네, 노력하겠습니다."

아직 조금 더 시간은 걸릴 것이다.

하지만 언젠가 어머니와의 관계도 개선하자.

그때는 둘이 함께 잇테츠 씨를 찾아오는 것도 나쁘지 않을지도 모른다. ……그런 미래를 상상하며 얼굴이 풀어졌다.

잇테츠 씨, 감사합니다.

덕분에 고민하던 게 하나 해결되었어요.

◆

어머니 이야기가 끝난 직후 시호와 리이가 돌아왔다.

두 손에는 편의점 봉투가 들려 있었다. 안에는 대량의 화과자가 담겨 있어서, 잇테츠 씨가 혼자 먹을 수 있는 양이 아니었다.

하지만 그것조차 잇테츠 씨는 기뻐했다.

그래도 너무 많으니 내가 절반을 가지고 가겠다고 제안했더니 잇테츠 씨는 웃으며 고개를 저었다.

"쿠루리와 시호의 선물 아니냐. 아무에게도 줄 수 없지. 퇴원한 뒤에도 시간을 들여서 먹으면 돼."

그렇게 말하니 아무 말도 할 수 없었다.

그렇게 시호가 추천한 찹쌀떡을 잇테츠 씨가 맛있게 먹고, 옆에서 시호도 과자를 왕창 먹고, 리이가 잇테츠 씨에게 '시모츠키의 어리광을 너무 받아주지 마'라고 잔소리하며 병실은 내내 떠들썩했다.

그리고 순식간에 시간이 흘러갔다.

"슬슬 엄마가 병실에 올지도 모르니까 돌아갈까."

리이의 주도로 돌아가기로 했다.

"잇테츠 씨, 안녕히 계세요."

"할아버지, 바이바이~."

"……푹 쉬고 다음에야말로 퇴원해."

삼인 삼색의 작별 인사를 건네자 잇테츠 씨는 기쁘다는 듯 웃으며 손을 흔들었다.

"그래. 세 사람 모두, 다음에는 병실이 아닌 곳에서 만나자."

든든한 말을 들은 뒤 우리도 귀로에 올랐다.

돌아가는 길도 리이가 차로 바래다주겠다고 제안했지만, 나카야마가까지 걸어갈 수 있는 거리라 나와 시호는 거절했다.

그리고 리이와 인사한 뒤 둘이 함께 천천히 걸어갔다.

"언니로서 아즈냐이 어떻게 지내는지 보고 싶어. 보충수업 숙제 때문에 힘들어하는 아즈냐을 구경하면서 주스를 마시는 거야. 분명 각별한 맛이 나겠지."

"아즈사, 숙제 잘하고 있을까? 안 끝나면 바다에 데려가지 않겠다고 했는데…… 삐져서 잠들었을 것 같아."

"끄응. 자고 있으면 좀 섭섭한데. 깨우는 것도 왠지 미안하고…… 시간을 봐도 별로 오래 못 놀지도?"

"벌써 5시니까. 돌아가는 길은 사츠키 씨가 오시는 거야?"

"응. 엄마에게 차로 데리러 와달라고 할 거야."

그런 대화를 하면서 걷고 있었더니 순식간에 집에 도착했다.

아즈사는 잠들지 않았지만, 공부하다 질려서 내 방에서 게임하고 있는 걸 시호에게 들켰다. 그 후 사이좋게 게임 대전을 시작했기에 나는 그사이에 집안일을 마치기로 했다.

빨래를 개고 저녁을 차리려고 메뉴를 고민하던 때였다.

『띵동.』

인터폰이 울렸다. 택배원인가 하고 현관을 열자, 은발의 미녀와 둥글둥글한 남성이 나란히 서 있었다.

"안녕, 코타로. 갑자기 와서 미안해."

"코타로, 저녁 반찬 나눠주러 왔어. 겸사겸사 퇴근하는 달링도 데려왔지. 이쪽은 나눠주지 않을 거지만 자랑하게 해줘."

"아하하. 삿치는 여전히 나를 과대평가한다니까~."

화목하게 대화하는 두 사람은 시모츠키 부부다.

드라이브하면서 온 걸까. 집 앞에 시모츠키가의 차가 세

워져 있는 게 보였다.

"마침 지금 저녁을 차리려던 참이었는데 잘됐네요. 감사합니다."

"오늘은 카레를 만들었어. 아즈냥에게도 많이 먹여줘. 고기는 달링의 뱃살을 살짝 덜어서 넣었지."

"삿치. 네 엽기적인 발언은 의외로 농담으로 안 들리니까 적당히 해. 코타로도 놀랐잖아."

……순간 진짜인 줄 알고 이츠키 씨의 배를 확인하고 말았다.

다행이다. 전에 봤을 때처럼 둥글둥글해서 안심했다.

"그러고 보면 코타로, 벌써 돌아왔구나. 그 큰 저택에 갔으니까 없는 줄 알았어. 반찬은 아즈냥에게 주려고 했지."

"응? 이 신발은…… 혹시 시이도 있는 거니? 마침 잘됐네."

"아, 네. 방금 전에——."

병원에서 돌아왔어요.

그렇게 말하려다 문득 눈치챘다.

'잇테츠 씨에 대해…… 이츠키 씨는 모르시지?'

그렇다면 병원이라는 단어를 꺼내는 건 위험할까.

아니, 하지만 시호가 가끔 병문안하러 간다는 건 파악했을 거다.

그렇다면 숨기는 것도 이상하다.

"그게, 아까까지 병원에 있었거든요. 사츠키 씨가 바래다준 그 커다란 집의 식구가 입원해서요."

"어머나. 그랬구나."

"……아! 시이가 자주 말하는 '할아버지'라는 분 말이니?"

역시 이야기 자체는 들은 모양이다.

다만…… 잇테츠 씨의 정체까지는 모르는 것 같았다.

아마 시호도 '할아버지'라고만 부르니까 두 사람은 이름조차 모른다는 느낌이었다.

'아무 말도 하지 않으면 아무 일도 일어나지 않아.'

잇테츠 씨와 이츠키 씨의 문제다. 제삼자인 내가 간섭하는 게 옳다고는 말하기 어렵다.

오히려 내가 괜히 관여하는 바람에 두 사람의 관계가 더 나빠질 가능성도 있다.

아니, 잇테츠 씨는 관계 수복을 바라고 있을지도 모르지만, 이츠키 씨는 바라지 않을지도 모른다.

절연당했으니 미워해도 부자연스럽지 않다.

이미 지나간 옛날 일이다. 이츠키 씨는 그 일을 잊고 지금을 행복하게 살고 있다.

그걸로 충분하다. 건드리지 않으면 아무것도 변하지 않는다.

두 사람 다 지금 이대로도 충분히 행복해 보인다.

그렇다면 괜한 짓은 하지 않는 게 낫다.

──그런 부감적 사고방식을, 나는 언젠가부터 그만두었다.

이론적으로는 틀리지 않을 것이다.

하지만 감정적으로 참을 수 없다.

나는 두 사람이 화해하기를 바란다.

"쿠루미자와 잇테츠 씨의 병문안을 갔습니다."

성과 이름을, 명확하게.

한 글자도 놓치지 않도록 똑바로 발음해서 잇테츠 씨의 존재를 알렸다.

그 순간──이츠키 씨의 표정이 얼어붙었다.

"어?! 쿠, 쿠루미자와? 그거, 설마……! 우, 우연인가? 이런 게 말이 돼? 잠깐, 잠깐만 기다려줘. 뭐가 뭔지."

이츠키 씨는 명백하게 당황했다.

하지만 그 옆에 있는 사츠키 씨는 냉정했다.

"달링, 진정해."

"하, 하지만 삿치! 굉장한 우연이라 깜짝 놀라서……."

"……이게 정말 우연일 것 같아?"

예리하다. 역시 시호의 어머니다.

사츠키 씨는 내 반응을 똑바로 보고 있었던 모양이다.

"코타로. 혹시 전부 아는 거야?"

그녀는 이 타이밍에 이름을 꺼낸 의미를 눈치채고 있다.

물론 거짓말을 할 필요는 없어서 고개를 끄덕였다.

"네."

"알면서 달링에게 그 이름을 알려준 거야?"

"맞습니다."

과거에 잇테츠 씨가 이츠키 씨와 연을 끊은 것.

호적상으로는 이미 부자가 아니게 되었다는 것.

당시 일을 잇테츠 씨는 몹시 후회한다는 것.

하지만 절연당한 이츠키 씨가 무슨 생각인지는 모른다는 것.

그 모든 걸 이해한 상태에서 정보를 제공했다.

두 사람이 화해하길 바라면서.

"어? 아, 안다고? 그건 무슨 의미야? 코타로, 아저씨는 아무것도 모르겠어."

"달링은 그대로도 돼. 눈치가 없는 게 당신의 매력이니까."

무던한 면모는 이츠키 씨의 장점.

그래서 발생하는 문제는 감이 예리한 사츠키 씨가 보완한다.

정말로 좋은 부부다. 동경하게 될 정도로 멋진 두 사람이다.

"……하나만 물어볼게. 코타로는 괜찮다고 봐?"

"네. 저는 그렇게 믿습니다."

"그럼 나는 코타로를 믿을게."

시호보다 짙은 벽안이 나를 똑바로 바라보고 있다.

그 시선을 정면으로 받아냈다.

"믿어주세요."

고개를 크게 끄덕이자, 사츠키 씨는 작게 웃으며 어깨를 움츠렸다.

"그렇게. 코타로는 미래의 아들이니까……. 널 의심한다는 건 말이 안 되지."

마치 항복하듯 나에게서 시선을 돌리고 옆에서 안절부절못하는 이츠키 씨의 손을 잡았다.

"달링, 가자. 슬슬 화해할 시기인가 봐."

"그, 그래?! 아니, 나는 괜찮은데. 아버지가 뭐라고 하실지……. 그 왜, 나는 둔감하고 남에게 잘 속고, 아버지는 그런 부분이 문제라고 항상 말씀하셨는데."

"나는 그 모든 게 좋으니까 괜찮아. 자, 망설이지 말고. 코타로가 괜찮다고 하니까 당연히 괜찮을 거야."

움츠리는 이츠키 씨의 손을 사츠키 씨가 잡아당겼다.

"코타로. 시이에게 귀가가 좀 늦어진다고 전해줘. 저녁은 그 카레를 먹고. 많이 만들었으니 3인분은 나올 거야……. 제대로 다 끝낸 뒤에 돌아올 테니까."

"알겠습니다. 기다릴게요."

"그래. 다녀올게."

"어, 어라? 뭐가 뭔지 잘 모르겠지만 코타로와 대화 다 끝난 거지?! 그, 그럼 다녀올게. 미안해, 코타로. 시이를 맡길게!"

그대로 두 사람은 자동차로 돌아가 병원이 있는 방향으로 떠났다.

……막연히 알 수 있었다. 분명 잘될 것이다.

그렇게나 손녀를 위하고 아끼는 잇테츠 씨다.

이렇게나 딸과 아내를 사랑하는 이츠키 씨다.

애정이 넘치는 두 사람이 이제 와서 갈등을 빚을 리가 없다.

과거의 아픔도 분명 극복할 수 있을 테지.

나는 그렇게 믿는다.

◆

그리고 몇 시간 뒤. 생각보다 늦게 돌아온 두 사람의 얼굴은…… 역시 웃는 얼굴이었다.

눈물이 많은 이츠키 씨는 역시 울어버린 건지 눈두덩이가 부어있었지만.

후련한 표정과 두 손으로 든 편의점 비닐봉지가 잇테츠 씨와 재회한 게 좋은 결과로 끝났다는 걸 가르쳐주었다.

손녀가 준 선물. 아무에게도 주지 않겠다고 했으면서 주다니……. 그만큼 이츠키 씨를 소중히 여기기 때문이겠지.

그리고 그 마음을 온전히 받아들인 이츠키 씨 또한 다정한 사람이다.

'잇테츠 씨. 인과예요……. 좋은 일은 돌아오는 거죠.'

나와 어머니의 관계를 진지하게 생각해주었다.

그 보답, 이라고 할 건 아니지만…… 결과적으로는 은혜를 갚은 게 될지도 모른다.

이로서 쿠루미자와 잇테츠와 시모츠키 이츠키 문제는 해결되었다.

다들 행복한 결말은 내가 정말 좋아하는 스토리의 형태였다.

제4화
수영복 에피소드

──8월 상순.

7월이 끝나고 여름방학 중반…… 마침내 그 계획을 수행하게 되었다.

"바다다!"

"바! 다!"

"……바다 갖고 저렇게 신날 수 있는 것도 일종의 재능이구나."

시야를 뒤덮은 광활한 바다를 앞에 두고 시호와 아즈사가 흥분해서 소리쳤다.

그런 두 사람 옆에서 태연하게 서 있는 리이도 역시 조금은 흥분한 모양인지 여느 때보다 뺨이 발그레했다.

그렇다. 우리는 해변에 왔다.

장소는 전에도 이야기한 대로 쿠루미자와가에서 보유한 프라이빗 비치다.

아니…… 정확하게 말하면 쿠루미자와가를 포함한 자산가들이 공동으로 관리하는 해변, 이랬던가? 여기에 오는 도중 차 안에서 리이가 그렇게 설명했던 것 같다.

뭐, 프라이빗 비치라는 건 변함이 없다. 장소도 인파와는 떨어진 깊숙한 곳인 덕분에 우리 말고는 아무도 없었다.

낮을 가리는 시호와 아즈사에게 이 환경은 최고일 것이다. 다른 사람을 신경 쓰지 않고 즐길 수 있다는 건 무척 좋은 일이다.

"아즈냥! 꽃게야! 꽃게가 달리고 있어!! 잡아먹자!"

"응! 아즈사, 게 엄청 좋아해!!"

……음, 어쩌면 지나치게 신난 건지도 모른다.

게를 잡으러 물가로 달려간 두 사람을 보며 나는 당황했다.

"잠깐 기다려! 너무 멀리 가지 마……!"

사람이 없으니, 안전 관리가 조금 불안했다.

일반인에게 개방된 해변이라면 안전요원이나 사람들의 시선이 있으니, 무슨 일이 일어나도 바로 대처할 수 있지만, 여기는 그런 게 없다.

제대로 주시해야지……라는 생각을 했는데.

"안심해. 일단 감시는 있으니까. 우리 사용인이 보이지 않는 장소에서 위험해 대비하고 있어."

역시 리이다. 만에 하나까지 고려하다니.

"그리고 보험으로 이거도 있으니까 괜찮아."

"……이 나를 '이거'라고 부르다니, 아주 대단하시네?"

이거라고 불린 사람은 조금 떨어진 장소에서 부루퉁하게 앉아 있는 메리 씨다. 복장은 당연히 메이드복이다.

"대단하지, 주인님이니까. 메이드, 만약 시모츠키와 아즈사에게 무슨 일이 있으면 무급으로 부릴 거야. 대신 안전하게 끝나면 보너스를 줄 테니까 잘 부탁해."

"쯧. 돈을 주면 뭐든 한다고 생각하는 거야? 그렇게 저속한 인간으로 보고 있었다니!"

"그럼 보너스도 필요 없어?"

"……그것과 이건 다른 문제거든!"

여전히 메리 씨는 저속한 인간이다.

하지만 운동신경이 좋은 그녀가 지켜봐 준다면 든든했다.

"후후후. 좋은 임시 수입이 되겠어……. 지난달 월급은 전부 투자로 날렸단 말이지. 빨리 벌어서 메이드 같은 건 그만둘 생각이었는데."

"바보 아냐? 편하게 벌려고 하니까 큰코다치는 거라고. 결국 착실하게 일하는 게 가장 안전한 투자라는 걸 왜 모르는 거야?"

아하. 마침 돈이 궁했던 건가……. 그렇다면 게으름을 피울 걱정도 없으니 안심이었다.

"그러니까, 나카야마도 편하게 즐겨."

"응. 모처럼 바다에 온 거니까."

그렇게 말하며 가볍게 기지개를 켜자 몸에서 우두둑 소리가 났다.

차를 탄 게 2시간 정도였나?

이동하면서 피로가 쌓였을 테지만, 그 이상으로 흥분도

했기 때문에 지친 느낌은 없다.

마찬가지로 이동하면서 피로가 쌓였을 시호와 아즈사가 펄펄 날아다니는 건 역시 이 바다를 지대했기 때문이겠지.

"그러고 보면 네 동생, 숙제는 다 끝낸 거겠지?"

"물론이지. 안 끝내면 안 데려간다고 했더니 열심히 하더라."

여름방학 전 시험에서 멋지게 낙제점을 받은 아즈사는 특별 숙제를 받게 되었다. 평소 아즈사는 제출일 직전까지 미뤄버리는데 이번에는 필사적으로 노력했다.

가끔 나도 도와주긴 했지만, 거의 아즈사 혼자의 힘이 었다.

그녀도 바다를 기대하고 있었던 거겠지. 아침 일찍 일어날 때도 뭉그적거리지 않고 바로 일어났고, 준비도 척척 잘했고, 유난히 말도 잘 들었기 때문에 나로서는 고마웠다.

"메이드, 우리가 갈아입는 동안 짐을 옮겨놔."

"싫어. 나도 수영복을 입고 코타로를 유혹할 예정인데?"

"쟤는 작고 우아한 걸 좋아하니, 그 저질스러운 몸으로는 무리야."

나는 딱히 그런 말은 안 했는데.

뭐, 비교하라면 확실히 작은 걸 좋다고 느낄지도 모르지만, 그렇게까지 강한 고집이 있는 건 아니다. 큰 것도 싫지 않다.

하지만 그걸 말해봤자 리이의 기분이 나빠질 뿐이라는 걸 알고 있기에 나는 아무 말도 하지 않고 대화를 지켜보았다.

"하아. 하면 되잖아? 정말이지, 메이드를 너무 부려 먹는 거 아니야? 노동조합에 신고하고 싶어라."

투덜거리면서도 메리 씨가 차를 향해 걸어간다. 파라솔이며 음료를 넣은 아이스박스 등 필요한 게 많이 들어있으니 가져오는 건 상당한 노동이겠지.

시간이 나면 나중에 도와줄까. 맡기기만 하는 것도 미안하니까.

"나카야마. 저쪽에 펜션이 있으니까 저기서 갈아입자."

"어? 나도 같이?"

"……갈아입는 방은 나뉘어져 있거든. 이상한 망상하지 마, 바보야."

아, 그렇구나.

펜션이라길래 아담한 건물을 생각했는데, 남자 여자 따로 갈아입을 수 있을 만큼 넓은 줄은 몰랐다.

일단 사전에 펜션이 있다는 건 들었다. 프라이빗 비치를 관리하는 사람이 제대로 정비하고 있는 건지 숙박도 가능하다고 했다.

내가 상상하는 것보다 제대로 된 시설인 모양이다.

오늘은 당일치기지만, 다음에 올 때는 자고 가는 것도

괜찮을지도 모른다.

"시호, 아즈사. 슬슬 갈아입으러 가자!"

이동하게 되었으니, 물가에서 노는 두 사람에게도 말을 걸었다.

파도와 바람 소리 때문에 목소리가 묻힐지도 모른다고 생각했지만…… 시호는 귀가 좋아서 제대로 들은 모양이었다.

"그래! 지금 갈게!"

"아, 잠깐! 아즈사도 갈 거야!"

달려온 두 사람과 합류한 뒤 펜션으로 향했다.

현재 시각, 아침 9시.

이른 아침에 출발한 덕분에 놀 시간은 많을 것 같다.

다 함께 즐겁게 보낼 수 있다면 좋겠다.

◆

안내받은 펜션에서 수영복으로 갈아입은 뒤 나는 다시 해변으로 돌아왔다.

여성진은 갈아입는 데 시간이 걸릴 테니 그동안 메리 씨를 도와줄 생각이었다.

"……응? 코타로, 무슨 일이야? 나와 바람피우러 왔어? 저런, 역시 남자는 가슴의 매력에 저항하지 못하는구나."

그렇게 말하며 그녀는 갑자기 메이드복을 벗어던졌다.

아무래도 아래에 수영복을 입고 있었던 모양이다. 성조기 무늬의 화려한 비키니는 정말 메리 씨다웠다.

"어때? 섹시하지? 시호를 버리고 나를 선택하면 이 가슴을 네 마음대로 할 수 있는데 어떡할래?"

"아하하. 농담은 됐고."

"잠깐. 내 가슴을 농담으로 치부하지 마."

그렇게 갑자기 섹드립을 들어도 곤란할 뿐인걸.

어떻게 반응해도 손해 볼 것 같아서 웃는 얼굴로 무시했다.

"짐 옮기는 거 도와줄게."

"아, 그쪽? 배려심이 있잖아……. 뭐 슬슬 끝나가지만."

그렇게 날씬한 몸 어디에 힘이 있는 건지.

메리 씨는 무거워 보이는 바비큐 그릴을 가볍게 어깨에 메고 있었다.

"코타로는 저기 돗자리와 튜브를 들고 와주겠어?"

"어, 응. 알았어."

아마 내가 없어도 문제는 없었겠지.

남아있는 짐은 가벼운 것뿐이었다. 챙겨서 지정 장소까지 가져가자, 메리 씨는 이미 파라솔과 텐트를 조립하고 있었다.

텐트라고 해도 캠핑용 텐트가 아니라, 햇살을 가리는 용

도인 거대한 타프 텐트다. 혼자서 설치하는 건 상당히 힘들 텐데……. 이런 짧은 시간에 해치우는 걸 보면 역시 그녀는 재주가 좋다.

리이의 말대로 알맹이는 좀 그렇지만 능력은 뛰어난 거겠지. 메리 씨에게 맡겨두면 어지간한 일은 깔끔하게 해줄 것 같다.

"이 정도면 됐나? 이만하면 아무리 핑크라고 해도 불평하지 않겠지."

"응. 충분하다고 봐."

파라솔, 텐트, 돗자리, 비치 체어, 바비큐 그릴, 아이스박스 등등.

대강의 준비가 끝나자, 메리 씨는 비치 체어에 앉았다.

"참고로 이건 핑크의 의자야. 쓸데없이 비싸서 그런지 사용감이 아주 좋지……. 이대로 잠들 것 같아."

"앉는 걸 보면 화낼 것 같은데."

"화를 내봤자 아무렇지도 않으니까 상관없어. 자, 코타로도 옆에 앉아. 오랜만에 둘이 대화하자고."

……이전까지는 이런 상황에서 경계했었겠지만, 지금의 메리 씨는 별로 무섭지 않아서 신기하게도 편하게 대할 수 있었다.

리이 덕분인 걸까? 으스스함이 완전히 사라졌다. 어딘가 허술한 느낌이 든단 말이지.

"오, 고분고분하잖아. 영락없이 거절할 줄 알았어."

"마땅한 이유가 없어서."

"뭐, 그렇겠지. 지금의 나는 완전히 개그 캐릭터가 되어 버렸으니⋯⋯. 예전 같은 사기 캐릭터는 이제 없어. 기껏해야 섹시 요원일 뿐."

섹시한가?

별다른 색기를 느끼지 못하는 건 내 감각이 어긋나있기 때문인 걸까.

그러고 보면 류자키는 메리 씨를 보며 자주 헤벌쭉한 표정을 지었지⋯⋯. 일반적인 감각으로 본다면 메리 씨는 섹시한 건지도 모른다.

이런 부분에는 여전히 둔감하다 보니 뭐라고 말할 수 없었다.

"⋯⋯썩 와닿지 않는다는 표정이네. 너 혹시 정말로 나를 성적인 대상으로 안 보는 거야? 이렇게 야한데? 요즘 더 커져서 H컵이 되었는데?!"

말하면서 자기 가슴을 보란 듯이 출렁거리는 메리 씨.

성조기 무늬 비키니와 연동하듯 흔들린다. 하지만. 그걸 본다고 해서 딱히 아무 느낌도 들지 않으니 나는 정말로 메리 씨에게 관심이 없는 모양이다.

"그거 대단한 거야?"

"당연히 대단하지! 코타로는 정말 남자 맞아? 남고생이

123

라면 조금 더 관심을 가져야 한다고."

그게 일반적인 감각인 건가.

역시 나는 조금 이상한 건지도 모른다. ……메리 씨의 매력을 전혀 알 수 없었다.

"이봐. 너 지금부터 수영복 씬에 돌입한다는 자각이 있어?"

"수영복 씬…… 아, 그렇게 되나."

그 말에 깨달았다.

확실히 이제부터 여성진의 수영복을 보게 된다.

그러고 보면 처음으로 시호의 노출 과다 복장을 보…… 아니, 지난번 온천에서 더 굉장한 광경을 봤으니, 처음도 아니잖아.

다만 그때는 바로 기절해서 기억이 흐릿하다. 수영복을 무시할 수 있을 만한 기억은 없다.

"그렇게 덤덤한 리액션으로 넘어갈 수 있다고 생각하지 마. 히로인의 수영복을 보고 무표정을 지어도 용서되는 건 점잖은 쿨가이 타입 주인공뿐이야."

"그건 확실히…… 반응이 없다면 시호도 충격을 받을지도?"

며칠 전, 아즈사가 굳이 나에게 비밀로 수영복을 사러 갔다고 보고했다. 비밀을 지키지 못하는 동생 덕분에 수영복 정보를 들은 건 서프라이즈 요소가 줄어들어서 그리 좋지 않은 일이었는지도 모르겠다.

모처럼 신경을 써주었으니, 그에 맞는 반응을 기대하고 있을 테지.

"이럴 때는 리액션이 과해도 용인되기 마련이야. 코피를 흘리는 것도 좋고, 전신을 새빨갛게 물들이는 것도 좋고, 체온이 올라가서 연기가 나는 것도 좋지. 마음에 드는 리액션으로 시호를 기쁘게 해주라고."

"그건 하고 싶다고 할 수 있는 반응이 아니잖아……."

그래도 조금은 호들갑스럽게 행동하는 게 좋을까.

하지만 온천에 같이 들어간 적도 있으니…… 그 상황과 비교하면 수영복이나마 입은 지금이 낫다.

나는 메리 씨의 몸을 보고도 반응이 없는 인간이다. 어쩌면 아무것도 안 느낄지도……?

그렇게 생각하자 어쩐지 걱정됐다.

시호를 실망시키고 싶지 않으니, 연기라도 각오하자.

"니히히. 뭐, 드디어 수영복 에피소드니까. 아무쪼록 즐기라고……. 나중에 소소한 서프라이즈도 준비해놨으니까. 기대하도록 해."

불현듯 메리 씨의 표정에 의미심장한 미소가 번졌다.

이 표정은…… 썩 좋지 않은 징조다.

"혹시 또 이상한 걸 꾸미고 있어?"

"글쎄? 다만 코타로……. 나는 이대로 끝날 마음이 없어. 확실히 나는 패배 캐릭터지. 쿠루리와 망할 영감에게 져 버리고 악역 실격 딱지가 찍힌 끝에 만능이라는 권능을 잃었지. 하지만 아직 끝난 건 아니야."

푸른 눈동자에 수상한 빛이 깃들었다.

무언가를 응시하는 듯한 눈동자가 이전의 으스스한 메리 씨를 떠올리게 했다.

또 상황을 휘저어 놓으려고 한다. 그녀는 역시 방심할 수 없다.

"아차. 떡밥은 여기까지 뿌릴까. 슬슬 핑크네가 돌아올 테고, 그녀가 있으면 내 머리가 둔해지거든."

그렇게 말하더니 메리 씨는 비치 체어에서 일어났다.

"잠시 볼일 좀 보고 올게. 아무튼 너는 히로인의 수영복을 즐기고 있으라고……. 바로 그럴 상황이 아니게 될 테니까."

불길한 단서를 남기며 메리 씨가 떠나갔다.

……하지만 진행 방향에서 나타난 리이에게 목덜미를 붙들려 돌아왔다.

"어딜 돌아가려는 거야? 너는 할 일이 산더미처럼 남아 있거든?"

"하, 하지 마! 모처럼 멋있게 떠나려고 했는데 너무 꼴불견이잖아!! 코타로, 보지 마…… 지금의 나를 보지 마!"

아니, 그렇게 말해도 말이지.

하찮아진 메리 씨가 다시 눈앞에 나타나자, 나도 모르게 웃어버렸다.

"메이드. 허리 숙여. 개처럼 엎드려서. 그래. 그렇게 해."

"잠깐! 비치 체어라면 저기에 있잖아?! 나를 의자로 삼지 마!"

"너는 살집이 있어서 앉기 참 좋단 말이지. 내버려 뒀다간 도망칠 테니까 당분간 이대로 있어."

"⋯⋯굴욕적이야. 코타로, 미안해. 못난 모습을 보여서 정말로 면목이 없어!"

가능하다면 그대로 떠나갔으면 좋았을 텐데.

그랬다면 메리 씨의 평가가 바뀌었을지도 모르는데.

역시 지금의 그녀는 어딘가 하찮았다.

"나카야마, 미안해. 기다렸지?"

"그건 괜찮은데⋯⋯ 리이는 안 갈아입은 거야?"

의자가 된 메리 씨는 그렇다 치고.

우선 의식을 리이에게 돌리자, 그녀가 수영복이 아니라는 걸 알아차렸다.

반바지와 셔츠라는 시원한 차림새다.

"일단 속에 입었어. 나중에 벗을 거야."

"푸흡. 빈유 주제에 부끄러워하다니, 재미있다니까."

"어라. 불량품인가? 의자에 말하는 기능은 없을 텐데?"

"⋯⋯⋯⋯⋯."

"그래. 딱 좋네. 착한 의자구나."

정말로 돈이 궁한 모양인가 보다. 메리 씨는 시키는 대로 의자와 혼연일체해서 리이의 비위를 거스르지 않도록 조심하고 있었다.

어지간히 해고되고 싶지 않은 모양이다.

"남자가 부러워. 노출이 별로 없어서……. 그 상의 같은 거, 래시가드지? 나도 살 걸 그랬나."

리이의 마음은 이해한다. 나도 노출은 불편해서 수영용 상의——래시가드를 입고 있었다. 이건 입은 채로 수영할 수 있으니 편리하다.

자외선 대책도 되니까 딱 좋다.

"오늘은 더우니까 선크림도 꼼꼼히 발라야지……. 특히 아즈사와 시호는 피부가 약해 보이니까 챙겨야 해."

"아! 맞다, 선크림. 잊고 있었어."

시호는 챙겨왔으려나. 아즈사는…… 아마도 잊어버렸겠지. 나중에 확인해야겠다. 그 애도 피부 관리를 신경 쓰고 있을 가능성도 조금은 있다. 아니, 그러길 바란다.

"안 가져왔다면 쓸래? 이거 꽤 좋은 거야. 나중에 발라도 돼."

그건 고맙다. 평소 별로 외출하지 않으니까, 선크림을 챙겨야 한다는 생각이 아예 없었다. 다음부터는 조심해야지.

"……그나저나 둘 다 늦네. 내가 나올 때 이미 다 갈아입은 상태였는데."

"뭐, 시간은 많이 있으니까 느긋하게 기다리자."

"그건 그래. 메이드, 마실 거 가져올 테니까 이동해."

"평범한 의자는 안 움직이는데?"

"넌 움직일 수 있잖아."

"자자. 내가 가져올 테니까."

리이가 온 뒤로 벌써 몇 분이 지났다.

음료를 마시며 잡담하고 있었더니 드디어 한 명이 나타났다.

"아! 오빠, 아즈사도 주스 줘!"

통통 튀는 발랄한 목소리는 여동생의 목소리다.

"그래. 콜라지? ……응? 어?"

아이스박스에서 음료를 꺼내 고개를 들었다.

그리고 가장 먼저 보인 건 '아즈사'라고 적힌 가슴팍의 글씨였다.

남색 수영복은 특정 장소에서 많이 보는 타입의 디자인.

"아즈사…… 왜 학교 수영복이야?"

그렇다. 아즈사는 학교 지정 수영복을 입고 있었다.

그게 너무도 신기했다.

"왜냐니, 반대로 왜 그런 걸 물어보는 건데? 잘 어울리잖아?"

응. 어울리긴 해.

조금씩 성장하고 있다지만 아즈사는 아직 초등학교 고학년에서 중학생 정도로밖에 안 보인다. 학교 수영복이 딱 어울린다고 할 수 있다.

하지만 그걸 사적으로 놀러 왔을 때 입는 건 좀?

"……수영복 사고 싶다고 용돈 졸랐잖아."

"뜨끔."

"새 수영복 안 산 거야?"

"하, 하지만! 초등학생 때 입었던 수영복을 아직 입을 수 있으니까 안 사도 될 것 같아서……. 그리고 이건 딱히 상관없는 거지만 신작 게임이 나왔거든."

아하. 게임을 샀구나.

"자자, 오빠? 나중에 어깨 주물러줄게!"

"아니, 딱히 화 안 났어. 그냥 황당하다고 할지……. 그런 거짓말을 안 해도 게임 살 용돈 정도는 줬을 텐데."

"처, 처음에는 진짜 수영복을 살 생각이었거든? 하지만 시모츠키의 수영복을 사러 갔더니 우연히 들른 게임샵에서 발견하는 바람에…… 그만 사버렸어!"

여전히 욕망에 충실하게 사는 모양이다.

장래가 걱정된다. 뭐, 바다에 놀러 와서까지 잔소리했다간 분위기가 나빠질 테니 이번에는 별로 지적하지 말아야겠다.

"아즈사? 너 그렇게 계획성 없이 돈을 사용했다간 이 바보처럼 큰일이 날 거야. 자, 바보 메이드. 망한 인생 선배로서 조언해 줘."

"……아즈사, 돈 같은 건 조르면 얼마든지 손에 넣을 수 있어. 앞으로도 코타로에게 기생해서 살면 문제없으니까, 아무것도 신경 쓰지 마!"

"어…… 쿠루리 언니, 이 가슴이 큰 사람은 무슨 소리 하는 거야? 아즈사는 그런 기생충 같은 짓은 안 할 건데?"

"기, 기생충?!"

어라? 아즈사는 시호와 다르게 메리 씨에게 두려움을 느끼지 않는 모양이다.

오히려 조금 깔아보는 듯한 느낌이 든다.

"세상에! 아즈사, 너 혹시 나를 우습게 보는 거야?"

"아, 혹시 메리? 전에 같은 반이었지?"

"왜 쿠루리에게는 '언니'인데 나는 '메리'인 거야? 아즈사, 너무 격의가 없는 거 아닐까?"

"겨기? 겨? 간지러워? 메리."

"아니야. 지금 그녀는 메리라는 이름의 의자거든. 가끔 내 메이드도 해주고 있지만."

"아하. 오늘은 의자구나……. 그럼 아즈사도 앉을게!"

"무슨! 2인용이 아니니까 앉지 마!"

……놀랐다. 아즈사는 메리 씨처럼 위압감이 있는 인간

에게 주눅 드는 타입인 줄 알았는데 의외로 태연한 모양
이다.

역시 최근 메리 씨는 분위기가 조금 바뀌었으니, 그 영
향인 걸까.

뭐, 떠들썩한 건 즐거우니까 나쁜 일이 아니지.

"어라? 시호가 아직 안 왔네."

아즈사의 등장이 일단락되고.

계속 시호를 기다렸는데 통 오질 않는다.

영락없이 아즈사와 같은 타이밍에 올 줄 알았는데…….
아무리 옷을 갈아입는 데 시간이 걸린다고 해도 너무 늦는
게 아닐까.

"그러고 보면 시모츠키가 늦네……. 아즈사, 같이 안 왔
어?"

"시모츠키는 부끄럽다면서 몸을 비비 꼬길래 두고 왔어!"

"그렇구나. 너희의 우정이 가끔 의심스러워."

서로를 우습게 보는 관계답다.

사이는 좋지만, 손을 잡지는 않는다. 오히려 발목을 잡
아당기는 게 즐거움인 사이이니, 이럴 때도 친구로서 도와
주지 않는 거다.

"어떻게 할래? 내가 데리러 가도 되는데."

"글쎄. 조금 더 기다려도 안 온다면…… 아, 왔다!"

리이에게 상황을 보러 가 달라고 말하려던 타이밍이었다.

펜션이 있는 방향에서 소녀가 다가오는 게 보였다.

아직 거리가 멀어서 자세히는 보이지 않는다. 하지만 저 은색 머리카락은 틀림없이 시호다.

물론 수영복……인 줄 알았으나 아무래도 그렇지는 않은 모양이었다.

나풀거리는 게 원피스……는 아닌 거 같고, 커다란 상의인데…… 가만, 저거 내 셔츠 아냐?

"느, 늦어져서 미안해."

시호가 가까이 다가오자 역시 내가 잘못 본 게 아니라는 걸 확신했다.

그녀는 내 셔츠를 입고 있었다. 사이즈가 크고 기장이 길어서 허벅지까지 덮고 있다. 하지만 아슬아슬하다고 할지…… 속에 무언가가 보일락 말락 해서 어쩐지 직시할 수 없었다.

순백의 허벅지와 보일 듯 보이지 않는 무언가로 인해 어디에 시선을 줘야 하는지 알 수 없어진다.

'어, 어라? 나…… 두근거리나?'

메리 씨를 봐도 아즈사를 봐도 아무 느낌이 없었는데.

반응이 심심해서 실망시킬지도 모른다고 불안했다. 하지만 그 걱정은 기우였다.

시호의 허벅지를 보기만 해도 이렇게 심장박동이 빨라졌으니까.

"시모츠키, 늦었잖아."

"요, 용기가 안 나서……. 아즈냥도 두고 가지 말라고!"

"하지만 귀찮았단 말이야."

시호는 아무래도 부끄러운 모양이다.

얼굴이 새빨간 이유는 더위 때문이 아닌 것 같다.

"근데 왜 오빠 옷을 입은 거야? 굳이 남자 탈의실에 들어가다니, 시모츠키는 변태야?"

"벼, 변태 아니야. 그냥, 배와 어깨를 가릴 수 없는 옷은 처음이라……."

"아, 알겠다. 시모츠키, 혹시 쫄았어? 오빠를 뇌쇄시킨다고 들떠있던 주제에 겁먹은 거야?"

"아니야! 누, 누누누누가 겁먹었다고 그래."

아즈사의 도발에 시호는 발끈했다.

"이건…… 그러니까, 자외선을 차단하려고 입은 것뿐이야!"

"그럼 텐트 밑은 그늘이 있으니까 괜찮겠네? 벗지 못한다는 건 시모츠키가 겁쟁이 쫄보라는 거지?"

"겁쟁이 아니야! 나는 강하다고…… 봐봐!"

도발에 고스란히 넘어가서.

시호는 내 셔츠를 힘차게 벗어 던졌다.

그렇게 드러난──비키니 타입의 수영복.

"────."

숨이 멎었다.

물론 과격한 수영복인 건 아니다.

일반적인 비키니 타입으로, 오히려 팔랑팔랑한 프릴이 달린 만큼 노출은 적은 편일 것이다.

그런데도 마치 벼락을 맞은 것 같은 충격이 전신을 꿰뚫었다.

위아래 모두 심플한 검정색. 순백의 피부와 대비되는 색상으로 잘 어울렸다.

예쁘다. 아니, 아름답다고 표현할 수 있을지도 모른다.

어쩐지 똑바로 볼 수 없었다. 직시하지 못하는 이유는 햇빛이 눈 부신 은발에 반사되기 때문인 걸까.

아니, 아니야……. 그런 변명을 해 봤자 무의미하다.

알고 있다. 지금 시호를 똑바로 바라보지 못하는 건 평소보다 피부 노출이 많기 때문이라는 걸.

그러고 보면 온천에서는 수건을 두르고 있었고 수증기도 껴서…… 선명하게 보인 건 아니었다.

지금은 또렷하게 보인다. 나뭇가지처럼 가느다란 팔, 갈비뼈가 희미하게 도드라진 복부, 귀여운 배꼽, 살짝 통통한 허벅지, 그리고…… 강렬하게 주장하는 건 아니지만 존재감이 있는 가슴과 어렴풋하게 보이는 계곡을, 확인할 수 있었다.

"윽……."

숨이 멈추는 수준이 아니다.

제대로 호흡을 할 수 없다. 목이 막힌다.

몸이 달아올랐다.

머리가 제대로 돌아가지 않는다.

손바닥에 땀이 맺힌다.

지금 나는 명백하게 정상적인 상태가 아니었다.

이 정도의 노출이라면 TV에서 여러 번 보았다.

그런데 어째서…… 오직 시호에게는 이렇게나 동요하는
걸까?

"저기, 코타로? 어때?"

한편 시호는 이미 마음을 굳게 먹은 모양이었다.

엉겁결에 수영복을 공개했다고 하지만 각오는 된 거겠지.

나를 똑바로 바라보면서 감상을 요구했다.

그 시선이 내 몸을 한층 뜨겁게 달궜다.

"…………."

평소 나는 굳이 따지라면 침착한 성격이다.

무슨 일이 일어나도 차분하게 대처할 수 있어서 허둥대
는 일은 거의 없다.

하지만 지금은, 무리다.

'시, 심장, 토할 것 같아…….'

심장박동이 빠르고 크다.

시끄러울 정도로 쿵쾅거린다.

"그, 그게!"

쥐어짜듯 꺼낸 목소리는 대놓고 음이탈이 났다.

이미 평정을 가장하지도 못할 만큼 상태가 이상했다.

"코, 코타로? 왜 그래? 얼굴이 아주 빨개……!"

"얼굴만이 아닌데? 오빠, 전신이 새빨개졌어!!"

"잠깐! 코오타로, 괜찮아?! 허, 헛것이 보이나……? 머리에서 김이 나는 것 같은데 착각이지?!"

세 사람도 내가 이상하다는 걸 깨달았다.

그만큼 시호의 수영복 차림에 노골적인 리액션을 보이고 있었다.

"니히히. 코타로, 전형적인 반응이잖아? 보고 있으니 아주 흐뭇해."

시끄러워, 메리 씨.

결국 그녀가 말한 리액션을 고스란히 보이고 만 내가 무척 부끄러웠다.

아무튼 제대로 쳐다볼 수가 없어서 고개를 숙이자……
아무리 시간이 지나도 감상을 말하지 않는 게 시호를 불안하게 만든 모양이었다.

"호, 혹시…… 안 어울려?"

무구한 표정에 희미한 그늘이 드리워졌다.

그건 일어나선 안 되는 일이다.

모처럼 시호가 용기를 내서 보여준 수영복 모습.

부끄럽고 민망해서 제대로 쳐다보지도 못하다니, 그녀의 각오에 실례가 아닌가.

그래서 나는 시선을 들었다.

"아, 안 어울리는 게 아니라⋯⋯."

횡설수설하면서도 입술을 움직였다.

검은 비키니를 보고 또다시 반사적으로 시선을 돌릴 뻔했지만⋯⋯ 꾹꾹 참으며 그녀의 눈동자를 똑바로 바라보았다.

시호는 불안한 표정으로 내 말을 조용히 기다리고 있다.

비키니를 보여주는 건 분명 부끄러웠겠지.

그 노력에 보답하기 위해서도 나는 솔직한 마음을 입에 담았다.

"귀여워. 잘 어울리고, 예뻐."

흔한 말이라서 미안하지만.

시호의 모든 게 빛나 보였다.

내가 평상심을 잃어버린 건 네가 너무 매력적이기 때문이야.

"⋯⋯정말? 그럼 왜 코타로는 나를 쳐다보지 않았던 건데?"

"미, 미안. 피부가, 좀⋯⋯ 아니, 너무 많이 보여서, 두근거려서, 제대로 쳐다볼 수 없는 것뿐인데."

내 마음을 제대로 전달할 수 없다.

침착해지면 더 이해하기 쉽게 정리해서 설명할 수 있지만, 지금 상태로는 그것도 어렵다. 오해만큼은 받고 싶지 않은데…… 그렇게 조마조마해하고 있었더니 의외로 아즈사가 도와주었다.

"우와. 오빠, 수영복 입은 여자를 못 보겠어? 시모츠키의 수영복 차림이 너무 섹시해서? 이 정도로 그렇게 새빨개지다니…… 아, 이런 남자를 뭐라고 하는지 최근에 인터넷에서 본 적 있어! 오빠는 '동정'이야!!"

아마 단어의 의미는 잘 이해하지 못했을 거다. 상당한 소릴 들었다.

아니, 모른다고 믿고 싶다. 알면서 그 단어를 썼다면 재기불능이 될 것 같다.

"……아즈사, 그건 저급한 단어니까 다시는 쓰지 마."

"어? 나쁜 말이었어?! 그, 그럼 안 할게."

보다 못한 리이가 지적한 덕분에 아즈사의 발언은 잘 정리되었다.

다행히 아즈사는 리이의 말은 순순히 들으니까, 앞으로도 괜찮겠지.

하지만…… 사실 지식만은 은근히 풍부한 시호는 단어의 의미도 알고 있었던 모양이다.

"아하. 흐응~? 코타로도 참…… 그리고 보면 온천에서도 기절했었지. 어라라, 코타로는 그래…… 에이 ♪"

불안해하는 표정에서 돌변.

이번에는 장난치듯 히죽 웃고는 내 옆구리를 쿡쿡 찔렀다.

"코타로도 남자구나. 우후후…… 너에게는 조금 과격했나?"

시호보다 내가 더 부끄러워한다.

그게 시호의 가학심을 자극한 듯했다.

아, 큰일이다. 시호의 '장난꾸러기 모드'가 발동했다.

그녀는 아무래도 내가 난처해하는 얼굴을 보는 걸 좋아하는 모양이다.

지금 놀려대면 위험하다. 침착하게 대처하지 못하니까 그것만은 참아달라고 당부해야지.

"시호? 저기, 미안한데…… 겉옷을 입어줄래? 지금 상태로는 제대로 쳐다보지 못하니까."

"뭐야. 왜? 코타로, 잘 어울린다고 했으면서."

"잘 어울리지만, 너무 잘 어울린다고 해야 하나……!"

"어울린다면 더 봐줘. 자자, 검정색 비키니라고. 아즈냥과 함께 골랐어……. 이걸로 너를 '뇌쇄'하고 싶었거든. 성공했어?"

응, 뇌쇄했어.

파괴력이 너무 강력해서 내가 너덜너덜해졌을 정도로는 대성공이다.

"에헤헤~. 아까까진 부끄러웠지만 그 이상으로 코타로

가 부끄러워하다니……. 정말 너는 귀여워♪"

공세일 때의 시호는 가차 없다.

이번에는 내 오른팔을 껴안으며 달라붙었다.

평소라면 귀엽고 마음이 따뜻해지는 애교지만…… 옷이 없다 보니 맨살의 감촉과 부드러운 무언가가 선명하게 느껴져서 머리가 새하얘졌다.

덥다. 어쩌면 기온이 올라간 건가?

아니, 아니다. 더운 게 아니다. 내 몸이 뜨거운 거다.

"시호. 항복……. 한계야."

힘없이 그렇게 말한 순간.

코에서 무언가가 흐르는 감각을 느꼈다.

반사적으로 코를 눌렀지만…… 코피는 멈추지 않았다.

"으앗?! 피가…… 피가 나!! 시모츠키가 너무 야해서 오빠가 죽어버리겠어!"

"시모츠키, 비켜! 코오타로에게 네 수영복은 아직 일렀어. 고등학생 주제에 얼마나 면역이 없는 거냐고. 정말이지, 진짜 어쩔 수 없다니까!!"

"으아아. 미미미미미안해! 너무 까불었어…… 코타로, 죽지 마아아."

상황은 완전히 카오스다.

우선 시호에게 피가 묻지 않도록 몸을 기울이자 철저하게 의자 노릇을 하는 중이던 메리 씨와 눈이 마주쳤다.

그녀는 심술궂은 미소를 지으며 나에게 이렇게 말했다.

"아주 전형적이네."

설마 그런 적나라한 반응을 보일 리가 없다고 생각했는데.

창피해서 쥐구멍에라도 숨고 싶었다.

◆

텐트 그늘에서 쉬자, 코피는 금방 멈췄다.

일시적인 출혈이라 다행이다. 물을 마시고 안정하는 사이에 회복되었으니 몸 상태에 문제는 없는 거겠지.

"코타로, 괜찮아?"

옆에서는 시호가 걱정스러운 얼굴로 간호하고 있었다.

참고로 리이와 아즈사는 부채와 얼음주머니를 가지러 펜션으로 돌아갔다. 메리 씨는 어느새 어딘가로 사라졌기 때문에 우리 둘뿐이다.

"응. 지금은 괜찮아."

시호는 막 옷을 갈아입고 나왔을 때처럼 위에 셔츠를 걸치고 있다. 덕분에 지금은 침착할 수 있었다.

"걱정 끼쳐서 미안해."

"아니야, 나 때문인걸. 나야말로 미안해. 코타로의 반응이 귀여워서 그만 너무 심했어."

"……내가 너무 면역이 없어서 그만."

143

"나는 조금 기뻤지만……. 그렇다고 선을 넘어버린 건 변함없어."

"……아하하."

"……우후후."

서로에게 꾸벅꾸벅 사과하다가, 둘이 동시에 웃어버렸다.

이번에는 딱히 누구 잘못도 아니다. 누구 책임인지 확실하게 따질 필요는 없겠지.

"비긴 걸로 하자."

"그래."

여기선 둘 다 잘못했고 둘 다 잘못하지 않았다는 걸로 넘어가자.

"뭐, 마침 잘 됐어. 사실 비키니가 굉장히 부끄러웠거든. 잠깐만이라 코타로가 봐줘서 만족했으니까 한동안 이대로도 충분해."

그렇게 말해주자, 마음이 조금 편해졌다.

모처럼 새 수영복을 샀는데 가리게 해서 면목이 없었던 참이었다.

"내, 내년에야말로 태연할 수 있도록 노력할게."

"……그래. 내년은 또 다른 수영복을 입을 테니까 기대해."

다른 수영복이라. 견딜 수 있을까……. 못할 것 같기도 하지만 그건 내년의 내가 노력하기로 하자.

그렇게 잡담하고 있었더니 아즈사와 리이가 돌아왔다.

"나카야마, 이걸로 머리 식혀…… 끓는다."

그녀는 대량의 얼음이 들어간 비닐봉지를 내 머리 위에 올렸다.

"이제 연기는 안 나오지? 인간의 머리에서 연기가 난다니, 말도 안 되잖아. 그건 역시 환각……?"

리이가 관찰하듯 나를 응시해서 조금 민망했다.

그래서 옆에 있는 아즈사에게 시선을 옮겼다.

"오빠, 부채도 가져왔어~."

"고마워."

아즈사가 내미는 부채를 받고 직접 부쳤다.

얼음주머니의 냉기와 부채 바람이 달아오른 몸에 딱 좋았다.

"겸사겸사 아즈사도 부쳐줘도 되는데."

그렇게 말하며 내 옆에 앉는 아즈사. 오른쪽에 시호, 왼쪽에 아즈사, 뒤에 리이가 있으니 어쩐지 포위당한 기분이다.

군청색 학교 수영복을 입은 바람에 햇빛을 흡수하는 건지도 모른다. 아즈사도 이래저래 더운 건지 땀을 살짝 흘리고 있었다.

"알았어. 어때?"

"흐으~. 시원해라~."

"아즈냥. 코타로는 제 컨디션이 아니니까 어리광 부리지 마. 치사해!"

"이제 안색도 좋아 보이는데 괜찮은 거 아니야? 오빠, 그렇지?"

"뭐, 그렇긴 해."

"그, 그럼 나도."

이번에는 시호가 내 손을 잡아당기길래 시호를 부채로 부쳐줬다.

"으음~. 기분 좋아~."

만족스러운 표정이다.

"끄으응. 오빠, 나!"

"안 돼! 코타로, 나한테!"

그렇게 시작되는 두 사람의 쟁탈전.

강아지 두 마리가 아웅다웅하는 걸로밖에 보이지 않아서 귀엽지만…… 사이에 낀 나는 난감했다.

"그, 어쩌지?"

1학년 때까지는 이럴 때면 두 사람의 분이 풀릴 때까지 기다릴 수밖에 없었다.

하지만 지금은 다르다.

"……너희 둘! 나카야마가 곤란해하잖아? 그쯤에서 끝내."

리이와 만난 뒤로는 그녀가 중재해주기 때문에 시호와 아즈사의 분쟁은 의외로 빨리 멈췄다.

““네~.””

둘 다 리이의 말은 순순히 잘 듣는단 말이지.

무승부로 끝난 건 다행이지만 시호도 아즈사도 땀투성이가 됐다.

지금은 텐트 그늘 속에 있으니 그나마 낫지만, 오늘은 정말 덥다.

태양 아래로 나가면 불타버릴 것 같다. 자외선도 굉장하겠…… 아, 그래. 생각났다.

"아즈사, 선크림 가져──오지 않았구나."

"응. 안 가져왔어. 오히려 왜 아즈사가 갖고 있을 거라 생각했어?"

역시나. 뭐, 조금이라도 기대했던 내 잘못인 거겠지.

"리이, 빌려도 될까?"

"그건 괜찮은데, 그렇게 부르지 마."

여전히 남들 앞에서는 안 되는구나. 마음속으로 계속 '리이'라고 부르니까 갑자기 바꾸는 건 어렵다.

"고마워, 리이."

"내 얘기 똑바로 들었어?"

호칭은 일단 무시하고 리이에게서 선크림을 받았다.

손바닥에 조금 덜어서 먼저 내 몸에 발랐다. 목덜미, 팔, 다리 순서로 바르자 멘톨 성분이 들어있는 건지 서늘했다.

다 바르고 난 뒤 다음으로 아즈사에게 건네려고 했는데.

"오빠, 아즈사도!"

게으름뱅이인 아즈사는 바르는 것조차 귀찮은 모양이다.

"응!"

"그래, 알았어."

요즘 나와 스킨십하는 걸 싫어했는데, 오늘은 기분이 좋은 걸까.

빨리하라는 듯 몸을 들이미는 걸 보고 시키는 대로 발라주었다.

먼저 목둘레, 그리고 어깨와 팔에 걸쳐 선크림을 펴 발랐다.

"으으. 가, 간지럽고, 뭔가 화해!"

"그런 성분이 들어있거든. 기분 좋지?"

"응. 더워서 딱 좋아."

아즈사도 대만족. 흐뭇한 듯 실실 웃고 있다.

하지만 아즈사와 견원지간인 그녀는 완전히 반대되는 표정을 짓고 있었다.

"끄으응."

시호가 뺨을 풍선처럼 부풀리며 나를 노려보고 있다.

올려다보는 각도라서 귀엽지만, 이 표정은 명백하게 삐진 표정이다.

"코타로, 나도!"

이번에는 시호가 나에게 몸을 바싹 붙였다.

나, 나도라니……. 내가 시호에게 선크림을 발라준다고?

"뭐? 시모츠키, 아까 갈아입을 때 발랐잖아! 아즈사에게 '나는 전생에 흡혈귀라 햇빛에 약해' 같은 소릴 했으면서."

"기억나지 않습니다."

시치미를 떼며 나를 기다리는 시호.

햇빛에 약한 게 아니라 질투에 약한 모양이다.

하지만…… 미안해, 시호.

"아마 만지면 또 코피가 흐를 거야."

같은 전철은 다시는 밟지 않는다.

건드렸다간 죽음뿐. 조금 전 상태를 반복 재생할 게 틀림없으니 어쩔 수 없이 거절했다.

"맞아. 시모츠키, 아무리 그래도 참아……. 나카야마가 빈혈로 쓰러질지도 모르니까."

리이도 거들었다.

덕분에 시호는 물러날 수밖에 없는 모양이었다.

"으으윽."

이번에는 그녀가 분하다는 표정을 지었다.

"흐흥♪"

그리고 아즈사가 아주 즐거워 보였다. 시호보다 우위에 서서 기분이 좋은 건지도 모른다.

"역시 동생이 최강이야~."

"하, 하지만 나는 코타로의 '애인'인걸! 내가 최강이야!"

"푸흡. 여자친구는 여자라면 누구나 가능성이 있고 오빠가 바람이라도 피우면 늘어나잖아? 하지만 동생은 아무나 될 수 있는 게 아니고 늘어나는 일도 거의 없어. 즉 아즈사가 최강!"

지금의 아즈사는 무척 신이 났다.

시호를 도발하듯 내 팔에 달라붙어서 과시하고 있다.

"시모츠키는 오빠가 의식하니까 이렇게 쉽게 밀착도 못하지? 하지만 아즈사는 할 수 있어. 왜냐면 동생이니까!"

"부, 분해라……. 나도 동생이 되고 싶어!"

"흐하하하하하하!"

억울해하는 시호. 마왕처럼 웃는 아즈사.

"수준 낮은 싸움이잖아. 정말이지……. 귀여우니까 됐지만."

"아하하."

기가 막힌다는 얼굴로 두 사람을 바라보는 리이와 웃으면서 지켜보는 나.

이건 평상시의 광경이었다.

바다에 와도 결국 우리의 관계는 평소와 같다.

"치사해! 아즈냥, 이럴 때만 오빠에게 어리광 부리다니. 평소에는 튕기면서 브라콘은 숨기는 주제에!"

"뭐?! 아즈사는 브라콘이 아니거든요~."

"말은 그렇게 해도 코타로가 나를 특별하게 대하는 건

싫지?"

"응. 그건 아주 싫어!"

"그럼 브라콘이야!"

"딱히? 그냥 시모츠키보다 우선도가 내려가는 게 열받는 것뿐이거든."

"거짓말쟁이! 사실은 코타로를 아주 좋아하면서."

"전혀 아니거든요~. 아즈사는 딱히 오빠를 좋아하는 건 아니지만, 오빠가 아즈사를 좋아하는 것뿐이거든요~."

"……막아봤자 소용없네. 뭐 됐어, 나카야마에게 폐를 끼치지 않는다면 마음대로 해."

아, 리이가 포기했다.

그녀는 두 사람의 싸움을 무시하기로 한 모양이었다.

아이스박스에서 음료를 꺼내 몇 미터 떨어진 장소에 있는 비치 체어에 앉더니 책을 읽기 시작했다.

"리이가 책을 읽다니 별일이네."

"네 앞에서 안 읽을 뿐이야. 보고 싶은 게 있으면 읽어."

"무슨 책이야?"

"대체로 학문서. 경제학이나 심리학……. 일단 귀찮은 집에서 태어났으니까, 교양으로."

"그렇구나. 하지만 모처럼 바다에 왔는데 수영은 안 해? 나중에 가자."

"아니…… 사양할게. 사실 해수욕 싫어해. 바다에서 헤엄치는 것도 귀찮고 모래에 발이 걸리는 것도 불쾌하고 바비큐보다는 실내에서 식사하는 걸 좋아하거든.”

“어? 그럼 왜 바다에 데려와 준 거야?”

“……그냥, 너희가 즐기라고 그런 건 아니니까.”

아, 그런 거구나.

우리를 즐겁게 해주려고 해수욕을 싫어하는데도 맞춰주는 모양이었다. 장소까지 빌려주고. 정말 착하다.

여전히 알아보기 쉬운 츤데레라서 어쩐지 웃음이 나왔다.

“왜, 왜 히죽거리는 거야. 이제 됐지? 나 독서할 거니까.”

리이는 대화를 끊고 나에게서 시선을 돌렸다.

다리를 꼬고 페이지로 시선을 내리는 그 모습은 제법 그림이 됐다.

그녀는 완전히 휴식 모드다. 어쩔 수 없지, 방해하지 말아야겠다.

한편 시호와 아즈사의 싸움…… 아니, 다툼은 한층 뜨거워졌다.

“언니에게 너무 건방져!”

“시모츠키를 언니라고 인정 못 해!”

“그럼 승부를 가리자. 수영 대결로 내가 언니라는 걸 ‘깨닫게’ 해주겠어.”

“좋아. 아주 철저하게 밟아주겠어! 슬슬 아즈사가 시모츠키보다 훨씬 잘났다는 걸 ‘깨닫게’ 해줘야지.”

더는 참을 수 없는 모양인지, 둘 다 힘차게 일어나 바다를 향해 달려갔다.

……그러면, 나는 어떻게 할까?

갑자기 심심해졌다. 우선 리이 옆에 있는 비치 체어에 앉아 쉬기로 했다.

후우……. 나도 책을 가져올 걸 그랬나.

◆

그 후로 우리는 한동안 해변을 만끽했다.

시호, 아즈사와 함께 바다에서 수영하고, 모래사장에 구멍을 파더니 어째서인지 내가 파묻히고, 비치볼로 놀고, 점심은 바비큐를 먹었다.

아침 일찍 온 덕분에 아직 오후 2시인데도 불구하고 다양하게 즐긴 느낌이다.

한바탕 신나게 놀았기 때문인지 점심을 먹은 뒤에도 다들 움직이지 않고 비치 체어에 앉아 있었다.

"아, 슬슬 스태미너 빼야지……!"

"헉. 일퀘 아직 안 했잖아?! 빨리 해야지."

모처럼 바다에 왔건만, 두 사람은 스마트폰으로 게임을 시작했다.

뭐, 지칠 때도 됐지. 수영도 하고 모래사장에서 신나게 달려댔으니 상당히 피곤할 것이다.

"시모츠키, 이거 봐봐! 굉장하지~?"

"우와. 지난번에 픽업했던 SSR이잖아……! 좋겠다!"

참고로 시호와 아즈사의 승부는 '둘 다 제대로 수영을 못했다'는 결과로 끝나서 흐지부지 넘어간 모양이었다. 지금은 둘 다 화기애애해서 조금 전까지 싸웠다는 건 이미 잊어버린 듯했다.

""""…………."""""

잠시 침묵의 시간이 흘렀다.

리이도 점심을 먹고 난 뒤에 다시 책을 읽기 시작했기에 아무도 말을 하지 않았다.

하지만 네 사람 모두 얕은 관계가 아니라 어색한 느낌은 없었다. 오히려 이 침묵마저 편하다고 느낄 정도였다.

나도 아무것도 하지 말고 쉴까. 바비큐 도구를 정리하고 싶긴 한데.

그렇게 잠시 쉬고 있었더니.

"……어라? 그러고 보니 거지 메이드가 안 보이네."

먼저 침묵을 깬 사람은 리이였다. 주위를 두리번두리번 둘러보고 있다.

나도 주위를 둘러봤지만, 메리 씨는 어디에도 없었다.

"누구, 그 메이드를 본 사람?"

"아침에 여기서 의자 노릇하던 때 이후로는 어디서도 못

155

봤어."

"아즈사도 몰라."

"나도 모르겠어."

"그래…… 옆에 있으라고 지시는 내렸는데. 나 참……."

아마 네 사람 모두 메리 씨를 전혀 신경 쓰지 않았던 거겠지.

리이가 그녀 이야기를 꺼낼 때까지 완전히 잊고 있었다.

"딱히 없어도 상관은 없지만. 오히려 없는 게 더 편할 지경인데, 모습이 안 보이면 그건 그거대로 귀찮단 말이지."

확실히 그 말대로다.

리이가 억제하고 있다고 해도 메리 씨라면 뒤에서 무언가를 꾸미고 있어도 이상하지 않다. 그런 생각이 드는 인간이니까 어쩐지 갑자기 불안해졌다.

'아까도 불길한 소릴 했던 것 같고…….'

이대로 끝낼 생각은 없다는 소리를 했었다.

그걸 기억하기 때문에 그 녀석의 갑작스러운 등장에도 나는 별로 동요하지 않을 수 있었겠지.

시각은 오후 3시. 슬슬 다시 바다에서 놀까, 이야기하고 있을 때…… 멀리서 남녀 3인조를 발견했다.

"어라? 리이, 저쪽에 누가 있어."

"뭐? 여기엔 아무도 오지 않을 텐데……."

내 눈에는 아직 그 일행의 외모는 파악할 수 없었다.

걸음걸이나 실루엣으로 대충 판단해 본다면 한 명은 남자고 두 명은 여자.

"앗! 아즈냥, 그쪽은 안돼, 죽는다고!"

"아니아니, 이쪽이거든! 시모츠키가 있는 곳은 구역에 안 들어갔으니까!"

시호와 아즈사는 정체불명의 일행이 접근한 걸 눈치채지 못한 채 스마트폰으로 슈팅 게임을 하고 있었다. 태평한 두 사람은 내버려 두고 리이에게 걸어갔다.

"실수로 들어왔다거나?"

"감시하는 사용인이 막고 있으니, 누가 왔다면 적어도 나한테 연락이 들어올 거야. 그렇지 않았다는 건 허락 없이 여기에 들어올 권한이 있는 사람이란 의미지."

"권한이라니? 잇테츠 씨가 허락했다는 거야?"

"꼭 그런 건 아니야. 이 해변도 일단은 '공동소유'거든. 즉 쿠루미자와가의 누군가이거나 지인일 수도 있다는 거지."

리이는 세 명을 물끄러미 보고 있다.

땡볕 아래 모래사장은 상당히 뜨거운 모양이다. 아지랑이가 일렁일렁 흔들려서 아직 얼굴이 선명히 보이지 않는다.

하지만 점점 모습이 보이기 시작했고——마침내 상대의 정체를 알았다.

"또 쟤야? 참나, 여관 때부터 이래저래 타이밍이 안 좋네."

리이도 아무래도 눈치챈 모양이다. 지긋지긋하다는 듯

한숨을 쉬었다.

나도 조금 복잡한 기분이었다.

여기까지 와서 저 얼굴을 볼 줄이야.

"류자키……."

새로운 손님은 바로 류자키 료마였다.

그 옆에는 당연히 류자키를 좋아하는 두 사람——호죠 유즈키와 아사쿠라 키라리가 있다.

뜻밖이긴 하지만, 여기서 만난 건 우연이 아니다.

이빨이 뽑혔다고 해도 역시 메리 씨는 트러블의 떡밥을 잘 뿌린다.

분명 그녀의 짓이겠지.

그렇지 않다면 이런 장소에서, 그것도 같은 날, 저 녀석과 마주칠 리가 없으니까.

제5화

어떤 전직 하렘 주인공의 종착점

류자키 료마가 몇 미터 앞에서 걸음을 멈췄다.

"아, 안녕……."

거북한 얼굴로 인사하는 류자키. 그에게 영향받은 건지 옆에 있는 유즈키와 키라리도 왠지 평소보다 뻣뻣해 보였다.

"다들 안녕."

"안녕하세요."

"""…………."""

두 사람이 쭈뼛거리며 말을 걸어주긴 했지만 우리 쪽의 반응은 석연치 않았다.

시호와 아즈사도 조금 전 세 사람이 온 걸 알아차린 건지 지금은 완전히 얌전해졌다. 리이도 못마땅한 얼굴로 퉁명스럽게 쳐다보고 있으니, 분위기는 썩 좋지 않았다.

"나카야마, 갑자기 미안하다."

류자키도 이 분위기를 신경 쓰는 건지 일부러 침묵이 흐르지 않도록 나에게 말을 걸었다.

이중에서는 내가 가장 평화롭게 대화할 수 있다고 판단한 걸까. 실제로 다른 세 사람에 비하면 평상심일 테니까 정신을 차리고 바로 대응했다.

"응. 갑작스러워서 놀라긴 했어."

"미안해. 하지만 역시 바다에서 놀고 싶어서 온 거야. 방해되지 않을게……. 그리고 쿠루미자와. 우리가 노는 걸 허락해 줘서 고마워."

"뭐? 허락이라니……?"

류자키가 말대로라면 리이는 세 사람이 온다는 걸 사전에 알고 있었다는 소리가 된다.

하지만 그녀는 고개를 저었다.

"허락한 기억은 없는데? 너희가 온다는 것도 몰랐어."

"뭐? 아니, 유즈키, 어떻게 된 거야?"

"어떻게 된 거냐니……. 쿠루리 씨가 저에게 연락해서 거기에 답장한 건데요? 모르다니 말이 안 됩니다."

"""……???"""

세 사람의 머리 위로 물음표가 떴다.

양측의 의견이 엇갈리는, 잘 이해할 수 없는 상황이었다.

"잠깐. 우선 상황을 정리할게."

정보를 정리하기 위해서도 세 사람의 이야기를 들어보았다.

먼저 리이가 유즈키에게 바다에 놀러 간다고 연락했다고 한다.

이 바다는 쿠루미자와 말고 호죠도 자본을 내서 공동으로 소유하고 있는 곳이니, 유즈키는 그런 이유로 연락했다고 생각했다.

다만 거기서 '겸사겸사 너희들도 오지 그래?'라는 메시지도 왔고, 그걸 류자키와 키라리에게 전달하자 바다에 놀러 가자는 흐름이 되었다고 한다.

"지난번 여관 때와 비슷한 느낌인가."

리이의 발언에 그때의 상황을 떠올렸다. 다만 결정적으로 다른 건…… 서로 인식이 어긋나있다는 점이다.

"내가 아닌 누군가가 나인 척하고 허락했다는 게 되네."

"……그런 건가."

여기까지 정리하니 이해가 됐다.

역시 이 상황은 메리 씨가 원인이다.

그렇게 생각하면 앞뒤가 맞는다.

아마도 그녀는 리이인 척하고 유즈키에게 메시지를 보낸 거겠지. 사용인이라는 상황을 이용한 거다.

그걸 리이도 알아차린 모양이다.

"그 망할 메이드……!"

짜증을 숨기지도 않고 이를 갈았다.

이번 일은 리이 잘못이 아니다. 하지만 리이가 고용한 메리 씨가 저지른 일이므로 그녀는 책임감을 느끼는 모양이었다.

"우리 쪽 사용인이 저지른 거야……. 너희도 어느 의미로는 피해자지. 제대로 연락은 들어왔을 텐데 문제가 생겨서 알지 못했어. 미안해."

평소 다른 사람에게 상당히 퉁명스럽게 행동하는 리이인데도 순순히 머리를 숙여 사과했다. 그 태도에 류자키는 깜짝 놀랐다.

"아, 아니! 갑자기 가고 싶다고 했으니까……. 우리야말로 미안해."

저 녀석도 오늘은 바다에서 놀고 싶어서 온 거겠지.

평화롭게 넘어가고 싶어 하는 자세가 보였다.

"딱히 폐를 끼치고 싶은 건 아니야. 여기서 놀게만 해주면 충분하고……. 같이 어울리려는 마음도 없어. 그냥 시야에는 들어갈 테니까 인사는 해야 할 것 같아서."

류자키가 이번에는 나를 향해 여기에 온 의도를 설명했다.

……변했구나.

지금 그에게선 이전 같은 독선적이고 자기중심적인 부분이 보이지 않는다.

그렇기에 나도 적개심을 느끼지 않았다.

류자키의 마음에 제대로 '공감'할 수 있었다.

'이걸 보면 뭐, 괜찮겠지.'

솔직히 지금 나는 류자키에게 불쾌감이 없다.

하지만…… 시호와 아즈사가 걱정이니까 태도에 따라서는 제대로 거절하려고 생각했는데, 그럴 필요는 없을 것 같다.

현재의 류자키 료마는 다른 사람에게 폐를 끼치지 않는

다고 믿을 수 있었다.

"나카야마, 어떻게 할래? 나는 잘못이 있어서 강하게 말하지 못하니까 네게 맡길게."

"미안해. 구석이라도 괜찮으니까 조금 놀게 해줘."

"나는 딱히 신경 안 써. 오히려 구석까지 가면 펜션에서 너무 멀지 않나? 그렇게까지 떨어지지 않아도 된다고 보는데."

펜션은 샤워 시설과 탈의실 말고도 화장실도 있다. 너무 멀면 불편할 테니 가까운 게 낫겠지.

"그래도 돼? 고마워."

"아니야, 신경 쓰지 마."

우선 어느 정도 상황은 정리되었다.

하지만 아직 분위기는 어색하다. 가까스로 나와 류자키가 대화를 이어가고 있긴 하지만 다른 멤버는 불편한 모양이었다.

"으음."

"어…… 그게."

나도 류자키도 사이는 좋지 않으니까 결국 대화가 멈추고 말았다.

어쩌지? 조금 억지스럽지만 펜션으로 유도해야 하나?

하지만 그랬다간 세 사람 입장에선 방해된다고 치워버리는 것처럼 느끼진 않을까. 기분이 나쁘지 않을까…….

평화롭게, 그러면서도 아무도 다치지 않게 해결할 방법은 없을까.

고민하고 있을 때――생각지도 못한 방향에서 도움이 들어왔다.

"……응, 알았어! 그럼 나중에 같이 수박 깨기 하자!"

거북한 분위기를 뻥 차버리듯 밝고 천진한 목소리가 울렸다.

그 목소리의 주인은 조금 전까지 침묵하고 있던 아즈사였다.

"키라리 언니, 선크림 가져왔어? 많이 발라야 해."

"그건 그래……. 아즈는 발랐어?"

"당연하지! 아즈사도 피부를 신경 쓰고 있으니까~."

"오~. 아즈도 성장했구나. 착해라."

……이 안에서 유일하게 류자키 일행과도 우리와도 사이가 좋은 건 아즈사다.

아마 저 애는 그걸 눈치채고 있다. 그래서 이 분위기를 어떻게든 할 수 있는 건 자기뿐이라는 걸 알아채고 발언한 거겠지.

"유즈키 언니, 이따 같이 헤엄치자."

"네. 그건 딱히 상관없지만…… 아즈사 씨, 수영할 줄 아셨던가요? 수영 성적은 바닥이었던 걸로 기억하는데요."

"그러니까 유즈키 언니의 커다란 가슴을 튜브로 삼을

거야.”

“이, 이건 튜브가 아닙니다!”

덕분에 조금 전까지 어떻게 해야 할지 알 수 없다는 듯 쩔쩔매고 있던 키라리와 유즈키의 표정이 풀어졌다.

그리고 류자키라는 벽도…… 아즈사는 제대로 극복한 모양이었다.

“료마……도, 재밌게 놀자.”

호칭은 조금 어색하다. 항상 ‘료마 오빠’라고 불렀으니까 익숙하지 않은 거겠지.

하지만 그녀는 제대로 료마의 이름을 불렀다.

그럼으로써 류자키도 소외되지 않을 수 있었다.

“그래…… 잘 놀게. 고마워.”

“응!”

천진난만한 미소가 분위기를 녹여준다.

하지만 오빠인 나만큼은 아즈사가 손을 꽉 붙잡고 있다는 걸 눈치채고 있었다.

소심한 아즈사에게는 무척 용기가 필요한 행동이었겠지. 특히 한때 좋아했던 류자키에게 말을 거는 건 상당한 각오가 필요했을 거다.

‘아즈사, 장하다!’

마음속으로 박수를 보냈다.

동생의 성장을 실감하고 가슴이 무척 따뜻해졌다.

지금의 아즈사는 평소보다 어른스러워 보인다. 학교 수영복이 아니었다면 더 성숙해 보였을지도 모르는데 아쉽다.

　어쨌거나 아즈사 덕분에 분위기가 좋아졌다.

　"그럼 갈아입고 올게. 나카야마, 무슨 일이 있으면 말해줘."

　"알았어. 그쪽도 무슨 일 있으면 언제든 말해."

　"그래!"

　마지막으로 그런 대화를 나눈 뒤 류자키 일행은 펜션이 있는 방향으로 떠나갔다.

　세 사람의 뒷모습을 바라보고 있었더니 어느새 옆에 와 있던 아즈사가 내 옆구리를 쿡 찔렀다.

　"오빠, 선크림 발라줘."

　"어? 어…… 어어, 응. 알았어."

　선크림은 이미 한참 전에 다 발랐다. 하지만 아즈사가 뭘 원하는 건지 알아차린 나는 그 머리를 천천히 쓰다듬었다.

　"……왜 머리에 바르는 거야? 어차피 아즈사의 머리를 쓰다듬고 싶었던 것뿐이지? 오빠는 진짜 시스콘이야. 닭살이라고."

　입으로는 그런 건방진 소리를 해도, 아즈사는 평소처럼 도망치지 않고 가만히 손길을 받았다.

　역시 이 행동이 정답이었나보다.

"하하, 미안해."

사과하면서도 멈추지 않고 아즈사의 머리를 쓰다듬으며 칭찬해주었다.

"에헤헤. 어쩔 수 없다니까……. 오빠는 시스콘이니까♪"

확실히 시스콘은 부정할 수 없다.

아즈사가 너무 귀여워 죽겠으니까.

아즈사……. 정말로 많이 노력했어.

네 성장이 진심으로 기뻐.

◆

그렇게 아즈사의 기분은 하늘을 찔렀지만.

한편으로 리이는 저기압이었다.

"하아. 진짜 그 메이드는 폐만 끼쳐대고……!"

리이는 메리 씨에게 분노가 가라앉지 않는 모양이었다.

이쪽은 아마 시간이 지나면 자연스럽게 진정될 테니까 내버려 둬도 괜찮겠지.

지금은 괜히 말을 걸어봤자 '폐를 끼쳐서 미안해'라고 사과할 것 같은 느낌이 드니까 아무 말도 하지 않는 게 상책이다.

문제는 시호다.

그녀는 이전에 류자키를 상당히 불편해했다. 그 녀석도

변했다고는 하지만 시호의 거부감이 완전히 사라졌을 리
는 없겠지.

"…………."

상태를 살펴보자, 시호의 표정은 어두웠다. 비치 체어
위에서 앉아 무릎을 세워서 끌어안고 있다.

역시 류자키가 싫은 걸까. 멀리하는 게 좋았던 건지도
모른다.

으음, 판단 실수인가. 이런 일은 자신이 없어서 시호의
상태를 살피려고 말을 걸었다.

"시호? 저기……."

"──코타로. 기분 최악이야."

"어? 그, 그래?"

표정을 읽을 수 없어서 몰랐다. 아무래도 시호는 굉장히
불만인 듯했다.

류자키의 존재를 도저히 받아들일 수 없는 건지도 모른다.

"불쾌해하길 바랐던 건 아니야. 이 여행은 즐거운 추억
으로 남기고 싶어서……!"

"그래, 알아. 나도 그렇게 생각해……. 왜 지금 생각난
걸까. 계속 잊고 있었다면 기분이 나빠지지 않을 수 있었
는데."

류자키에 대해 잊고 있었다.

떠올리고 싶지도 않을 만큼 시호에게는 여전히 거부감

의 대상이구나.

그렇다면…… 제대로 거절했어야 했다.

"그랬구나. 저, 정말 미안해."

그녀의 마음을 더 생각했어야 했다.

후회가 가슴을 가득 채운다. 최소한의 속죄로 사과했지만…….

"코타로가 사과할 일이 아니야. 그런다고…… 이미 깜빡 잊고 집에 두고 온 간식은 여기 나타나지 않는걸!!"

……?

얘 무슨 소리 하는 거지?

"훌쩍. 아빠에게 졸라서 500엔어치나 샀단 말이야. 엄마에게 비밀로 하고 많이 샀는데…… 설마 잊어버리다니!"

"겨, 겨우 그런 일로 저기압이었어?"

"'겨우'가 아니라고! 나에게는 중대한 일이라고."

발끈하면서 주장해봤자.

간식 정도는…… 아니, 뭐 은근히 식탐이 강한 시호에게는 중요한 안건이겠지. 심각한 표정이었다.

아까부터 계속 말이 없었던 건 그것 때문이었던 걸까.

어어, 그런 거라면?

"류, 류자키는? 신경 쓰이지 않아?"

"어? 내가 왜? 딱히 주변에서 노는 정도는 신경 안 써. 전에 비하면 딱히 별 느낌 없는걸."

시호의 정신력은 내 생각보다 더 탄탄한 건지도 모른다.

"그런 것보다 간식을 잊고 온 충격이 더 견디기 힘들어."

……뭐, 됐다. 시호가 상처받은 게 아니라면 잘 판단했다는 거지.

"아, 류자키네가 돌아왔다. 어떡할래? 우선 수박 깨기라도 할까? ……헉, 호죠, 가슴 엄청 커! 저, 저런 게 바로 수박……?"

걱정했었지만…… 우선 시호는 태연해 보였다.

◆

"아아! 완전 헛스윙……. 그럼 다음은 유즈키 언니 차례!"

"네. 힘내겠습니다."

"유즈, 가라!"

"저 수박 굉장히 맛있어 보여. 호죠, 화이팅~."

"고급 수박이니까. 슬슬 먹고 싶은데……."

수영복으로 갈아입은 류자키 일행과 합류한 뒤 한창 수박 깨기를 하는 도중이었다.

"나카야마, 잠깐 괜찮을까? 하고 싶은 말이 있어. 다른 곳에서."

류자키가 갑자기 말을 걸었다.

"알았어."

거절할 이유도 없었기에 얌전히 그 말을 따랐다.

비치 체어에서 일어나 일행과 거리를 벌렸다. 그렇다고 멀리 떨어진 건 아니고, 여자애들의 목소리가 희미하게 들릴 정도의 거리에서 발을 멈췄다.

"오른쪽! 더 오른쪽…… 아차, 그쪽은 왼쪽이었지!"

"시호 씨, 즉 어느 쪽인데요?! 아까부터 지시가 너무 엉망이라 모르겠어요."

"유즈, 아래! 더 아래라고 내가 계속 말했잖아?!"

"아래?! 바닥으로 파고들라는 거예요?"

"목 아래 말이야, 유즈키 언니! 유즈키 언니 목 아래에 두 개나 있어!"

"이건 수박이 아닙니다!"

"맛은 없겠다. 크기만 할 뿐 품질이 나빠."

"쿠루리 씨, 다 들리거든요? 자기가 작다고 헐뜯지 마세요!"

수박 깨기도 한창 뜨겁게 분위기가 달아올랐다.

떠들썩한 일행을 바라보며 류자키와 대화가 시작되었다.

"즐거워 보이네."

"그러게."

처음 마주쳤을 때는 두 팀이 간섭하지 않고 각자 놀 줄 알았는데, 의외로 다들 사이는 나쁘지 않아 보였다.

특히 여성진은 대화가 많다. 키라리는 명랑하고, 유즈키도 온화해서 시호와 쿠루리도 두 사람에게 그리 긴장하지 않는다. 오히려 태연해 보였다.

그래서 내가 보기에는 잘 지내는 것처럼 보이지만.

류자키에게는 무언가 걱정거리가 있는 모양이었다.

"……시호와 아즈사, 무리하는 건 아닐까? 사실은 내가 싫은데 참게 만드는 거라면 미안하니까."

아하……. 류자키는 그걸 물어보고 싶어서 나를 부른 건가.

"아까도 말했지만, 아무튼 폐를 끼치고 싶은 게 아니야. 절대 방해만은 하고 싶지 않으니까, 사실을 말해줘. 그러면 제대로 거리를 둘게."

진지한 표정이었다.

류자키 나름대로 신경을 쓰는 거겠지. 역시 이 녀석은 변했다.

덕분에 대화하기 편했다.

"살펴보긴 했는데 괜찮을 것 같았어. 둘 다 류자키를 좋은 의미로도 나쁜 의미로도 신경 쓰지 않는 느낌이야."

"그래…… 그런 거라면 다행이고. 미안하다, 사실은 애초에 오지 않는 게 너희에게 폐를 끼치지 않는 길이라는 건 알고 있었어. 하지만 나는 꼭 바다에 오고 싶어서……!"

마음은 이해한다.

한 번밖에 없는 고등학교 2학년 여름방학.

류자키도 좋은 추억을 만들고 싶은 거겠지. 그 마음은 무척 공감이 간다.

"유즈키와 키라리의 수영복을 보고 싶었어!! 특히 유즈키…… 봐, 굉장하지 않아? 어, 엄청나잖아?!"

착각이었다. 역시 전혀 공감할 수 없다.

추억이 아니라 수영복이 목적이었다.

류자키는 나를 전혀 보고 있지 않았다. 아까부터 계속 수박 깨기에 열중하는 유즈키를 응시하고 있었다.

눈에 힘이 가득 들어갔다. 충혈된 게 조금 징그러웠다.

"큰 게 그렇게 좋은가? 싫은 건 아니지만……."

"뭐? 크면 클수록 좋잖아! 너, 설마 빈유파냐? 역시 우리는 서로를 이해할 수 없어…… 계파가 달라."

계파가 뭔데. 바보냐고.

그리고 작은 게 좋은 것도 아니다. 만약 시호가 컸다면 그건 그거대로 좋았겠지. 즉 내 계파는 시호파── 아니, 내가 무슨 생각을.

이상한 생각을 하기 시작한 걸 깨닫고 갑자기 부끄러워 졌다. 류자키에게 옮았다.

"오늘은 여기서 하루 자고 갈 거야. 펜션에서 일박. 너희는?"

"우리는 저녁에 돌아가."

"그렇구나. 그렇다면 그때까지는 유즈키의 가슴을 잘 봐

두라고. 행복을 나눠주마."

"무슨 소리야."

굳이 필요 없거든.

이미 충분히 행복하니까.

"좋아! 뭐, 시호와 아즈사에게 폐를 끼치는 게 아니라면 그걸로 됐어. 물론 그렇다고 내가 너희에게 뭔가를 하지도 않을 거니까 안심해. 서로 즐겁게 보내자고!"

볼일이 끝나자, 류자키는 상쾌하게 웃으며 엄지를 척 세웠다.

얼굴도 반반하니까 제법 매력적인 미소였다.

"그럼 돌아가자! 저 가슴을 가까이서 보고 싶어."

……그리고 조금 바보 같은 구석도 류자키다워서 나도 그냥 웃어버렸다.

지금의 류자키라면 괜찮다.

예전에는 거만하고 독선적인 하렘 주인공 같았지만, 지금은 완전히 평범한…… 아니, 조금 엉큼한 남자 고등학생이다.

◆

결국 류자키 일행이 온 뒤에도 즐거운 시간은 이어졌다.

그 팀과 계속 같이 놀았던 건 아니었지만, 이따금 대화하는 정도의 거리감으로 지낸 덕분에 분위기가 나빠지는 일도 없었다.

특히 류자키는 우리 쪽을 배려해서 시호와 아즈사에게 다가가지 않도록 의식적으로 자제한 것 같다. 덕분에 두 사람은 자유롭게 놀았다.

그렇게 떠들썩한 한때를 보냈지만…… 곧 6시. 저녁에는 집에 돌아가기로 정해놨으니 슬슬 돌아갈 때다.

'리이는…… 어라? 어디 갔지? 그러고 보면 아즈사도 없는데?'

리이에게 자세한 귀가 시각을 확인하려고 했는데 바닷가에 그녀의 모습이 없다. 더불어 아즈사도 없다는 게 마음에 걸렸다.

여기에 없다면…… 저기인가?

"시호. 잠시 펜션에 다녀올게."

"알았어. 나는 여기서 쉬고 있을게. 좀 피곤하니까."

놀다 지쳐서 쉬고 있던 시호에게 말을 건 뒤 등을 돌렸다.

……류자키가 있으니까 나와 떨어지기 싫어할 줄 알았는데, 그렇지도 않았다. 이젠 내 뒤에 숨지 않아도 괜찮은 모양이다.

시호는 정말 강해졌다.

뭐, 지금의 류자키는 전보다 평화로우니까, 시호를 여기에 남겨놔도 괜찮겠지.

그렇게 생각하며 해변을 뒤로했다.

◆

──류자키 료마는 즐거웠다.

"유즈키, 간다~."

"기, 기다려주세요! 갑자기…… 아윽."

"냐하하. 유즈, 운동신경이 너무 없어서 웃겨!"

그냥 비치볼로 놀고 있을 뿐.

그게 전부인데 수영복 미녀 두 명과 함께 있다는 사실이 그의 행복 지수를 올려주었다.

최고였다.

료마는 지금이 인생 최고점이라고 말해도 과언이 아닐 정도로 즐거웠다.

"흐흐흐."

헤벌쭉한 얼굴로 유즈키와 키라리의 수영복을 응시했다.

팔도 다리도 길쭉길쭉하고 허리가 잘록하게 들어갔으면서도 가슴도 제법 발달한 키라리를 보기만 해도 얼굴이 풀어진다.

그리고 키라리보다 조금 살집이 있긴 하지만 더더욱 가슴이 큰 유즈키는 보기만 해도 이상한 웃음소리가 나와버릴 정도다.

솔직히 이 거유…… 아니, 폭유는 남자 고등학생에게는 너무 눈부셨다.

마치 유아등 불빛에 날아드는 날벌레처럼 그의 시선은 유즈키의 가슴으로 빨려 들어갔다.

"ㅋㅎㅎㅎㅎㅎ…… 으, 아야!"

"여보세요, 류 군? 아까부터 유즈의 수영복만 쳐다보는 거 알거든? 나도 보란 말이야."

이건 유즈키의 가슴이 격렬하게 흔들린 탓이다.

그쪽에 정신이 팔려서 비치볼이 패스되어 날아오는 걸 눈치채지 못해 얼굴에 정면으로 직격했다. 얼굴은 아프지 않지만, 양심이 아팠다.

"보, 보고 있거든! 키라리의 비키니도 섹시하니까!"

"……어, 어어. 뭔가 그렇게 대놓고 들으면 그건 그거대로 좀."

"하지만 미안해! 역시 유즈키가 좀, 너무 야해서 시선이가. 즉 나는 나쁘지 않아. 유즈키가 에로틱한 게 문제야. 사과해, 유즈키!!"

동요한 나머지 발언이 지리멸렬했다.

평소였다면 조금 더 신경 쓸 수 있었지만, 바다라는 개방적인 장소 탓에 말도 개방적이었다.

"네? 어, 저기…… 죄송합니다. 제가 잘못…… 한 거예요?! 자, 잘 모르겠지만 그렇게 대놓고 에로틱하다고 하면…… 두, 두근거리네요."

"우와. 또 저래. 유즈는 왜 매도당하면 기뻐하는 거야? 성벽까지 음탕하지 말라고. 가슴만 음탕하면 됐잖아."

"가, 가슴이 음탕하다고 하지 마세요!!"

그리고 두 사람은 변태인 료마를 거절하지 않는다.

키라리는 조금 흰 눈을 떴고 류즈키는 어째서인지 흥분했지만, 그래도 료마를 받아 들여주었다. 그는 그게 정말로 기뻤다.

"더, 더는 한계예요……. 갈아입고 오겠습니다. 이 이상은 아무에게도 가슴을 보여주지 않을 거예요. ……료마 씨에게만은 몰래 보여드리고 싶지만요."

"그래, 그렇게 유혹하기 금지. 류 군이 각오를 굳히고 유즈를 여자친구로 선택한 뒤에 해. 내 고백에 대답하지 않은 상태로 그런 짓을 하게 둘 리 없잖아."

"으윽. 둘이 같이 보여주면 평등하다고 보는데요."

"도덕관념 정신 차려! 얘도 은근히 변태라니까……. 뭐, 그렇게 됐으니 갈아입고 올게. 류 군, 잠깐 기다려 줘~."

"둘이 동시에…… 크흠. 어, 어어, 알았어!"

매혹적인 제안에 무심코 넘어갈 뻔했지만, 꾹 참고 두 사람을 배웅하는 료마.

"……키라리는 강하게 밀어붙이면 허락해 줄 것 같단 말이지."

그런 위험한 생각이 떠오르는 바람에 그는 고개를 저어 번뇌를 털어냈다.

'안 돼! 성실하게 대해야지.'

료마는 변태지만 쓰레기는 아니다.

키라리와 유즈키의 마음에 제대로 대해 주고 싶다.

그러니 비겁한 수단은 쓰고 싶지 않았다.

그 정도로 두 사람을 소중히 여기고 있다.

'오늘은 두 사람과 바다에 오길 잘했어.'

진심으로 실감한다.

사실은 오는 걸 망설였다. 왜냐하면 코타로 일행도 있다는 걸 알고 있었기 때문이다.

료마는 자신이 있으면 시호나 아즈사에게 폐를 끼칠지도 모른다고 염려했다.

'나쁜 기억을 한가득 남겼으니까…… 이 이상은 조심해야지.'

오늘도 내내 이것만큼은 염두에 두고 놀았다.

절대 시호나 아즈사에게는 다가가지 않도록 거리를 벌리며, 어디까지나 키라리하고 유즈키와 노는 것에만 집중했다.

덕분에 두 사람의 수영복 모습도 실컷 즐겼으니, 료마로서는 대단히 충실한 하루였다.

'게다가 오늘은 자고 가는 거니까…… 크흐흐. 밤에 욕실

에 난입해야지! 여관 리벤지!!'

그런 쓸데없는 결심을 했다.

벌써 저녁. 밤은 코타로 일행이 사용하던 바비큐 세트를 빌려서 고기를 굽기로 했다. 허가는 잘 받았지만…… 일단 슬슬 말해두려는 생각에 료마는 코타로의 모습을 찾았다.

하지만 안 보인다.

아니, 코타로만이 아니라 거의 아무도 남아있지 않았다.

유일하게 시야에 보이는 사람은…… 아름다운 은발의 소녀뿐이었다.

'……난감하네. 시호와 둘만 있잖아.'

좋지 않은 전개였다.

료마에게 좋지 않다는 게 아니다. 시호가 이 상황을 알아차리면 싫어할 거라고 그는 불안해졌다.

'어쩔 수 없지. 나도 펜션에 갈까.'

대신 시호가 혼자 있게 되지만 바로 코타로를 보내면 될 거라고 판단하고 료마도 걸었다.

그대로 시호의 뒤를 지나가려고 했다. 거리상 그녀가 존재를 알아차릴 테지만, 무서워하기 전에 떠나면 된다.

료마는 그렇게 생각했다.

하지만 여기서 생각지 못한 일이 발생했다.

"……어라? 사람이 없어."

시호가 목소리를 냈다.

그 순간 료마는 반사적으로 발을 멈추고…… 바로 그게 실착이라는 걸 깨달았다.

무슨 말을 하는지 들으려고 하고 말았다.

"윽……!"

"으응?"

덕분에 시호가 존재를 알아채는 바람에 료마는 움직일 수 없게 되었다.

사파이어 블루의 눈동자에는 불안해하는 료마의 표정이 비쳤다.

명백히 자신을 쳐다보는 시선에 그는 식은땀을 흘렸다.

"미, 미안해. 딱히 말을 걸려고 한 건 아니야. 금방 갈게."

빠르게 변명을 쏟아낸 뒤 떠나려고 했다.

그런 료마의 발은 다시 멈추게 되었다.

"……류자키?"

오랜만이었다.

마지막으로 시호가 료마의 이름을 부른 건 1년도 더 전이었다.

"어……."

가까스로 대답은 했으나 머리는 새하얗다.

시호와는 어릴 때부터 알고 지낸 사이다.

다만 어릴 때부터 알고 지냈을 뿐 타인에 불과하다.

그걸 그는 제대로 이해할 수 있게 되었다.

따라서 과거의 자신이 얼마나 틀렸는지도…… 안다.

사과하고 싶은 마음이 없는 건 아니다.

하지만 사과해봤자 자기만족일 뿐인 데다 시호는 이미 과거를 극복했다. 이제 와서 끌고 와봤자 의미는 없다.

그래서 이렇게 생각했다.

앞으로는 적어도 시호와 엮이지 말자——.

그것만큼은 철저하게 지키려고 했는데.

"다들 어디 간 거야?"

설마 그녀가 먼저 말을 걸 줄은 몰랐다.

심지어 대화가 이어지고 있다. 시호는 확실하게 료마에게 물어보고 있다.

"조금 전까지 호죠와 아사쿠라는 있었던 것 같은데."

이제 대화할 일은 없을 줄 알았는데……. 지금은 무시하는 게 더 무례한 느낌이 들었다.

"둘 다 펜션에 갔어. 옷을 갈아입고 온대."

"그래? 끙……. 둘 다 수영복 잘 어울렸는데, 아쉬워라."

한숨을 쉬고 어깨를 으쓱하는 시호.

'수영복이라.'

그 단어를 듣고 료마는 무의식중에 시호가 입고 있는 옷으로 시선을 내렸다.

엉큼한 마음으로 수영복을 보려고 한 건 아니다. 지금 그런 상황이 아니라는 것도 알고 있고, 애초에 시호는 수영복 위로 헐렁한 셔츠를 걸치고 있다. 그녀의 수영복은 한 번도 보지 못했다.

물론 그게 아쉽지도 않았다.

오히려 수영복을 보지 못해서 안도했다.

'다행이야. 수영복이었다면 상대가 누구든 그만 봐 버리니까. 내가 흥분하고 싶은 건 키라리와 유즈키 뿐이라고!'

……일단은 이게 료마 나름의 성의였다.

자기를 좋아해 주는 두 소녀 사이에서 아직 누구를 선택할지 각오하지 못하는 한심한 놈이지만, 적어도 이 이상 두 사람의 마음을 배신하고 싶지 않았다.

아마도 시호가 입은 헐렁한 셔츠는 코타로의 옷일 것이다. 상대방의 옷을 몸에 걸칠 정도로 가까운 사이라는 뜻이다.

거기까지 생각한 료마는 어쩐지 힘이 빠졌다.

'그렇구나. 시호는 나카야마가 지켜주고 있어. 내가 신경 쓸 필요도 없는 거야.'

너무 지나치게 의식했던 건지도 모른다.

시호가 말을 걸어도 평범하게 대하면 된다. 괜히 신경 쓰는 것보다 그게 더 자연스럽다는 걸 간신히 깨달았다.

"그러고 보면 나카야마는? 잠깐 할 말이 있었는데."

"코타로라면 펜션에 갔어. 할 말이 뭔데?"

"별거 아니야. 그냥 밤에 우리가 바비큐 그릴을 사용할 거니까 치우지 않아도 된다고 말하려고."

"아하. 그런 거라면 내가 전달할게. 지금부터 펜션에 돌아갈 거니까."

"괜찮겠어?"

무난한 잡담이 오갔다.

괜한 긴장이 풀린 덕분에 료마도 자연스럽게 대할 수 있었다.

특별히 의식할 필요는 없다.

왜냐하면 그녀는 생판 타인이고, 료마는 어디까지나 제삼자니까.

"나는 여기 있을 테니까 전달 부탁해."

"그래. 맡겨줘."

그리고 대화가 끝났다.

시호는 이미 료마에게 등을 돌리고 걷고 있다.

'이거면 됐어.'

무난하게 넘어갔다.

오랜만에 하는 대화지만 아무 일도 일어나지 않았다.

그 점에 그는 안도했다.

……사실은 그녀를 보고 싶지 않다.

그 은백색 머리카락을 볼 때마다 료마는 과거의 죄를 떠올린다.

죄책감에 가슴이 괴로워지고, 과거의 멍청한 자신에게 화가 나고, 주변 사람들을 상처줬던 걸 용서할 수 없게 된다.

시모츠키 시호는 류자키 료마에게 '죄의 상징'이 되고 말았다.

사과는 물론이요 잊어버리는 것도, 극복하는 것조차 허락되지 않는다.

그렇기에 짊어지고 살아가기로 결심했다.

용서받지 않은 채, 계속 미움받으면서 상처를 줬다는 사실에 평생 후회하는 게 자신의 '속죄'라고.

앞으로 분명 은백색을 볼 때마다 그는 가슴을 쥐어뜯을 것이다. 하지만 그건 당연하다.

료마는 가해자고 시호는 피해자니까. 그녀에게 쓸데없이 상처 줬던 만큼 자신이 상처받을 필요가 있다고 생각했다.

류자키 료마에 허락된 건 그런 인생이다.

——그렇게 생각했다. 오늘까지는.

"……신기하네."

불현듯 시호가 발을 멈췄다.

아슬아슬 목소리가 들리는 거리에서, 어째서인지 그녀가 이쪽을 돌아보더니…… 료마를 똑바로 바라보았다.

"너와 이렇게 평범하게 대화하는 날이 올 줄은 몰랐어."

"……!"

그녀의 말에 료마는 숨이 막혔다.

조금 전까지 꾸며냈던 표정이 갑작스러운 상황에 무너지고 있다.

'왜, 갑자기.'

시호 쪽에서 과거를 끌어올 줄은 전혀 예상하지 못했다.

왜냐하면 료마보다 그녀가 더 과거를 떠올리고 싶지 않을 테니까.

그런데 시호는 제대로 마주 보고 있다.

"오늘은 아사쿠라하고 호죠와 노는 너를 봤어. 다들 정말 즐거워 보이더라……. 옛날의 류자키였다면 여자아이들과 어울리며 진심으로 웃지 못했을 거야."

그녀는 과거에서 눈을 돌리지 않는다.

그만큼 시호는 '강해'졌다.

그래서 료마는 아무 대답도 하지 못했다.

"변했어. 지금의 너는 옛날의 '류자키'가 아니야."

……아니, 대답하지 못하는 게 아니다.

아무런 말도 나오지 않았다.

"변한…… 거야? 나는, 정말 변했어?"

시호의 말이 너무 기뻤으니까.

"나는 정말로 '평범'해졌어?"

"……네가 생각하는 '평범함'이 뭔지 나는 몰라. 하지만 예전과 달리 네 소리가 무서워지지 않았다는 건 진짜야."

소리. 그건 시호가 가끔 사용하는 그녀 특유의 표현이다.

선천적으로 청각이 발달한 그녀는 타인의 인간성을 소리로 분간한다.

코타로와 만나기 전까지는 다른 사람을 경계하며 내내 귀를 기울이던 그녀였지만…… 지금은 완전히 타인을 경계하지 않게 되면서 소리를 듣는 기회도 줄어들었다.

하지만 그래도 시호에게는 들린다. 의식하지 않게 되었을 뿐 소리는 들린다.

그렇기에 료마의 변화에도 눈치챘다.

"호쬬와 아사쿠라의 소리도 정말 즐거워 보였어. 지금의 류자키는 옛날의 류자키처럼 자기 행복밖에 생각하지 못하는 인간이 아니야. 다른 사람도 제대로 생각해 줄 수 있는 착한 사람이 되었어."

그녀의 말이 료마의 마음을 울렸다.

마치 피가 흐르는 상처에 소독약을 바르는 것 같은 감각이 가슴에 퍼져나간다.

이어서 눈두덩이 속에서 무언가가 치밀어올랐다. 그걸 참으며 료마는 시호의 시선을 받아냈다.

"그래? 그렇다면, 다행이야. 정말…… 다행이야."

"그래. 좋은 변화야. 앞으로는 그렇게 해. 이제 나는 너와 대화할 일도 없겠지. 그러니 나 때문에 후회하는 거라면 잊어. 나는 이제 전부 극복했는걸."

시호는 감지했던 모양이다.

료마가 과거의 죄를 짊어지고 있다는 걸……. 시호에게 죄책감을 느낀다는 걸 알아차리고서는 그걸 내려놔도 된다고 말하고 있다.

"잊어도 되겠어? 나는, 내 죄를…… 갚지 않아도 돼?"

"옛날의 네가 했던 짓을 후회하기보다 지금 네가 할 수 있는 일을 찾아. 그게 류자키가 할 수 있는 단 하나뿐인 '속죄'라고 봐."

시호가 죄를 용서해 주었다.

잊는 걸 허락해 주었다.

그러면서 미래를 향해 걸으라고…… 그렇게 응원해 주었다.

류자키는 그 말을 절절히 곱씹었다.

"……고마워, 시호."

"아니야. 신경 쓰지 마. 그저 코타로라면 이렇게 말할 거라고 생각해서 따라 한 것뿐인걸."

"그래도 괜찮아. 오히려 나카야마 덕분에 그렇게 말해주는 거라면…… 그게 더 고맙지."

그만큼 나카야마 코타로가 시호에게 큰 존재라는 뜻이다.

"네가 나카야마를 만나서 정말 다행이야."

진심으로 그렇게 생각한다.

그녀가 강해진 건 코타로 덕분이다.

그 사실에 강하게 감사했다.

"그래. 나도 그렇게 생각해."

코타로를 떠올렸기 때문일까.

시호는 기쁘다는 듯 웃고는 다시 료마에게 등을 돌렸다.

"그럼 나는 이만 갈게. 바이바이, 류자키."

그 작별 인사에 료마는 웃으며 손을 흔들었다.

"응. 고마워…… 시호."

지금까지 정말로 고마웠어.

많이 상처 줬는데, 괴롭게 했는데…… 그녀는 류자키의 죄를 가볍게 해주었다.

물론 과거의 행동이 없었던 일이 되는 건 아니다.

하지만 너무 강하게 의식하는 바람에 지금 자신을 소중히 여겨주는 사람을 배신하는 짓은 하지 않겠다고 굳게 결심했다.

"———."

시호의 모습이 완전히 사라지고 해변에 홀로.

그제야 그는 간신히 참는 걸 그만두었다.

모래밭에 무릎을 꿇었다가, 그대로 쓰러지듯 벌렁 누웠다.

저녁인데도 불구하고 하늘은 아직 파랗다.

여름은 해가 길어서 감상에 젖기에는 조금 쾌청했다.

그러니까 이 눈물은…… 태양이 너무 눈 부시기 때문이다.

그런 걸로 치부하며 료마는 흐르는 눈물을 닦지 않았다.

◆

이렇게 류자키 료마는 과거를 짊어지는 걸 그만두었다.

한때는 오만하고 독선적이며 자기 행복밖에 생각할 줄 모르는 인간이었지만, 지금은 다른 사람을 배려할 수 있는 다정함을 지니고 있다.

앞으로는 아무도 불행하게 만들지 않을 것이다.

자기를 좋아해 준 사람과 성실하게 마주 볼 수 있는 인간으로 성장했으니까.

이제 료마는 괜찮다.

전직 하렘 주인공의 종착점은 무척 평온하고 부드러운 빛으로 흘러넘쳤다.

제6화

🌸 '픽션'에서 졸업

고등학교에 입학할 때까지 나는 상당한 독서가였다.

셀 수 없이 많은 책을 읽었다.

그런데도 지금은 책을 잘 읽지 않게 되었다. 전혀 읽지 않는 건 아니지만, 전에 비하면 천지 차이다.

물론 책이 싫어진 건 아니다. 이따금 시간이 있으면 역시 책을 읽으니까, 습관이 사라진 것도 아니다.

그렇다면 왜 독서 시간이 줄어들었는가. 단순히 누군가와 같이 있는 시간이 늘어났기 때문이다.

시호가 곁에 있다.

그녀와 함께 보내는 시간이 즐겁다 보니 책에 할애하는 시간이 극단적으로 줄어들었다.

덕분에 나는 픽션에 의존하지 않게 되었다.

그래서인 걸까…… 언젠가부터 픽션적 사고방식이 흐릿해졌다.

이건 일종의 성장이라고 본다.

지금이기 때문에…… 세계 밖에서 관찰하는 듯한 시야를 거두었기 때문에 과거의 내 사고방식이 부자연스러웠다는 걸 깨달았다.

본래 어머니처럼 감수성이 약했던 나는 책이라는 필터

를 통해서 세상을 이해하려고 했다.

저 사람은 주인공.

저 사람은 히로인.

얘는 여동생 캐릭터, 쟤는 날라리 캐릭터, 이쪽은 헌신형 캐릭터……. 그녀들이 좋아하는 이유는 저 녀석이 러브 코미디의 주인공이니까──.

즉 이 세상은 하렘 러브 코미디다.

그리고 나는 저 녀석을 띄워주기 위한 엑스트라.

……그런 시점으로밖에 현실을 이해하지 못했다.

하지만 어떤 현실 하나가 나를 픽션에서 떼어주었다.

『왜 메인 히로인이 엑스트라를 좋아하게 된 거지?』

창작물 안에서는 비정상적인 현상이 발생했다.

이런저런 이유를 붙이고 변명해서 억지로 앞뒤를 맞추려고 해봤다.

하지만 그녀는 똑바로, 순수하게 자신의 마음을 계속 전했다.

그 결과 나는 드디어 알아차렸다.

『현실은 픽션이 아니야.』

메인 히로인이 엑스트라를 좋아할 수도 있다.

그리고 엑스트라가 메인 히로인을 사랑할 수도 있다.

아니, 애초에 현실에는 메인 히로인도 엑스트라도 없다. 거기에 있는 건 '시모츠키 시호'와 '나카야마 코타로'다.

그걸 깨달은 뒤로 시호와의 관계도 좋아졌다.

이건 엑스트라가 아니라 나카야마 코타로의 변화이자 성장이다.

드디어 현실을 픽션에 대입하지 않아도 인식할 수 있게 되었다.

그러니까 고마워.

이제 나는…… 픽션에 의지하지 않아도 괜찮아.

◆

『자기 인식과 자기 형성.』

리이가 내민 그 책을 받을지 말지 망설이지 않았다면 거짓말이겠지.

"이거 제법 재밌더라. 서점에서 발견하고 한번 사 본 건데, 배울 게 아주 많았어. 너도 읽을래?"

옛날이었다면 바로 받았을 것이다.

일상적으로 책을 읽던 그 시절엔 장르 불문하고 닥치는 대로 읽었다.

그때는 책 읽기에 집착했던 이유를 알 수 없었다.

지금 생각해 보면…… 나에게 책은 '현실의 교과서'였기 때문에 열심히 읽었던 거겠지.

하지만 지금은 이제 그럴 필요가 없다.

픽션을 통해 현실을 읽는 건 그만뒀으니까.

"아니, 좀 어려워 보이니까 됐어. 더 쉬운 책이 좋아. 그리고 해피 엔딩으로 끝난다면 최고야."

"……뭐가 있더라. 다음에 집에서 찾아볼게."

그렇게 말하더니 리이는 책을 옆에 내려놓았다.

지금 우리는 펜션 거실에 있다. 소파와 탁자 등 가구가 갖춰진 이 장소는 넓고 무척 편안하다.

"우우웅…… 헤헤. 오빠 바보."

리이 바로 옆자리에는 신나게 자는 아즈사가 있다.

아까부터 안 보인다 싶더니…… 여기서 낮잠 자고 있었냐.

"계속 책을 읽은 거야?"

"고작 한 시간 정도야. 네 동생이 잠시 쉬겠다면서 소파에 눕더니 순식간에 잠들어버렸거든……."

아하. 아즈사를 지켜 보고 있었던 거구나.

"고마워, 리이. 역시 너는 친절해."

"따, 딱히 친절은 무슨. 착각하지 마. 나는 그냥 책 내용이 궁금했던 것뿐이니까."

적나라한 츤데레다.

너무 파고들면 얼굴이 새빨개져서 화를 낼 테니까 이쯤에서 자중하자.

"그래서? 너는 뭐 하러 왔는데."

"아, 맞다. 슬슬 6시인데 몇 시에 돌아갈지 물어보려고."

"······벌써 그런 시각이야?"

처음 목적을 밝히자, 이리는 벽걸이 시계를 보고 어깨를 으쓱했다.

"너무 늦어지는 것도 싫으니까 바로 준비하고 돌아가자."

"알았어. 정리는 어떻게 할래? 류자키네도 있는데."

"신경 안 써도 돼. 우리 쪽 사용인이 해줄 거니까. 호죠네가 돌아간 뒤에 청소할 테니 안심해."

역시 부잣집 아가씨. 그래, 메리 씨 같은 사용인의 업무로 넘어가는 거라면 맡기자.

"그럼 갈아입기 전에 샤워해야겠다. 금방 끝낼게."

"천천히 해도 돼. 서두르는 건 아니니까."

시호와 아즈사도 바다에 들어갔기 때문에 바닷물로 몸이 끈적거린다.

땀과 함께 가볍게 씻으려고 샤워실로 들어갔다.

위에 입은 래시가드를 벗고 아래쪽 수영복을 벗으려고 했더니, 갑자기 문이 열렸다.

"미안해. 잠깐 실례."

남성용 샤워실에 들어온 사람은 핑크색 트윈 테일이 잘 어울리는 여자아이.

쿠루미자와 쿠루리, 리이였다.

"어?! 저, 저기, 리이?"

확실히 어릴 때는 남자라고 생각했지만.

그래도 지금은 네가 여자라는 걸 알고 있는데.

"뭐 하는 거야?"

허둥지둥 수영복을 다시 입은 뒤 리이에게 말을 걸었다.

그녀는 나를 물끄러미 바라보고 있었다.

"딱히 대단한 볼일은 아니야. 그냥…… 모처럼이니까 봐 달라고."

"본다니, 뭐를?"

무슨 말을 하는 건지 모르겠다.

혼란에 빠져서 쩔쩔매고 있었더니 리이가 갑자기…… 셔츠를 벗기 시작했다.

"자, 잠깐!"

막으려고 입을 열었지만 이미 늦었다.

힘차게 셔츠를 벗어 던지자 깨끗한 피부가 드러났다.

물론 바로 눈을 돌리려고 했다. 여성의 알몸을 봤다간 버틸 수 없다고 생각했으니까……. 그러나 행동이 너무 재빨라서 눈을 돌릴 시간조차 없었다.

다만 덕분에 리이가 알몸이 아니라 '수영복'을 입고 있다는 걸 눈치챘으니, 결과적으로는 잘된 건지도 모른다.

"사실 수영복 계속 입고 있었거든. 부끄러워서 가렸지만……. 그래도 모처럼 새로 샀으니까, 너에게만이라도 보여주려고."

그렇게 말하며 리이는 반바지도 벗었다.

그러자 수영복이 온전히 드러났다.

상의와 하의로 갈라진 투피스 수영복이다. 색은 빨강……
아니, 루비색이라고 불러야 할까. 리이의 눈동자와 비슷한
색이다.

어울리는지 물어본다면 확실하게 어울린다.

팔다리가 길쭉한 데다 허리도 잘록하게 굴곡이 져 있다.
단순히 말라빠진 게 아닌 건강한 몸으로 보였다.

슬렌더한 체형이라 어른스러우면서도 가련함도 느껴지
는 수영복 모습이었다.

리이의 비키니도 심플한 디자인이라서 시호의 수영복
과 비슷했다. 다만 색 말고도 확 다른 점이 딱 하나 있었는
데…… 아마도 그게 리이의 수치심을 자극한 모양이었다.

그녀가 부끄러워하던 이유는 아마도 이것.

"면적…… 작지 않아?"

"……역시?"

시호의 비키니에 비해 상당히 아슬아슬하다.

눈 둘 곳이 난감할 정도로는 어른스러운 분위기였다.

"SNS에서 주목받으려 하는 인플루언서 지망생이 입는
수영복 같지……? 그 가슴 메이드가 도발해서 시착도 안
하고 사버린 결과가 이 모양이야."

가슴 메이드라니…… 메리 씨?

아무리 그래도 그렇게 부르는 건 불쌍하니까 하지 말라

고 하고 싶지만, 목소리에 원한이 차 있어서 아무 말도 하지 못했다.

"아무도 못 보는 사이에 입은 것까진 좋았지만 너무 민망해서 결국 보여주지 못하고 시간이 흘러갔어. 하다못해 너만이라도 봐."

리이는 허세로 평정을 가장하고 있지만 귀가 새빨갰다. 역시 나에게 보여주는 것도 부끄러운 모양이다.

하지만 모처럼이라며 각오를 다지고 샤워실로 뛰어 들어온 거겠지.

그 용기를 헛수고로 만들고 싶지 않아서 나도 그녀를 똑바로 보았다.

"…………."

머리부터 발끝까지 빤히 뜯어봤다.

"한 마디면 돼. 뭐든 한 마디만. 네 감상이 듣고 싶어……. 빠, 빨리 말해줘. 코오타로."

리이는 자포자기 심정인 건지 나에게 과시하듯 팔을 뒤로 모았다. 다만 나를 '나카야마'가 아니라 '코오타로'라고 부르는 걸 보면 적잖이 긴장한 느낌이다.

이럴 때는 빈말이나 거짓말을 하고 싶지 않다.

솔직히 나도 지금 상황에 긴장하고 있다. 농담으로 흐지부지 넘기고 싶다는 욕구에 사로잡힐 정도로는 민망하기도 했다.

하지만 그렇게 '도망'치는 건 싫다. 나에게만 좋은 선택지는 치워버리고, 리이를 똑바로 바라보았다.

"이 수영복, 어때?"

그 질문에 나는 진심에서 나온 말을 꺼냈다.

"잘 어울려. 나에게는 좀 자극이 강하지만, 리이는 몸매가 좋으니까 아주 매력적이야. 뭐라고 하지, 조형이 예쁘다는 느낌."

생각한 그대로, 오해하지 않도록.

내가 느낀 바를 전하고 싶어서 어설프면서도 최선을 다해 말했다.

그 진지한 마음을 리이도 잘 받아준 모양이었다.

"──충분해. 아니, 차고 넘칠 정도야……. 후후♪ 코오타로, 고마워. 그 말 덕분에 내 오늘이라는 하루가 보답받았어."

이번에는 츤데레를 발휘하지 않고 순수하게 기뻐해 주었다.

"'조형이 예쁘다'니. 나 참, 코오타로는 어쩔 수 없다니까……!"

기쁜 나머지 입꼬리가 흐물흐물 꿈틀거린다.

평소 어른스럽고 덤덤한 얼굴만 보이는 리이치고는 앳된 표정이다. 드문 면모를 보자 나도 얼굴이 풀어졌다.

"미안해. 더 좋은 말을 할 수 있었다면 좋았을 텐데."

"딱히 사과할 필요는 없어. 멋들어진 말로 포장하지 않아도, 지나친 표현으로 과장하지 않아도 괜찮아. 오히려 소박하고 간결한 감상이 더 코오타로다운걸."

그녀는 아무래도 만족한 모양이다.

기분 좋은 듯 싱글벙글 웃으면서 다시 셔츠와 반바지를 입었다. 이제 쇼 타임은 끝난 모양이다.

으음, 아까까지는 보는 것도 부끄러웠지만 막상 가려지니까 그건 그거대로 아쉬운 느낌이라 신기하다.

조금 전의 광경을 제대로 기억에 남겨두자. 잊어버리는 게 아깝다.

그 정도로 리이의 수영복 모습은 매력적이었다.

"코오타로? 오늘 즐거웠어?"

그리고 리이가 샤워실에서 나가기 직전.

마지막으로 던진 질문에는 당연히 막힘없이 즉답할 수 있었다.

"아주 즐거웠어. 멋진 추억이 많이 생겼어. 리이는?"

"나도 아주 즐거웠어. 또 오자."

응, 또 오자.

내년은 수험 공부로 바쁠 테니까 알 수 없지만, 대학생이 된 뒤에도 다 함께 오고 싶다.

아니, 어른이 되어도 이렇게 또 함께 웃고 싶다.

그 정도로 오늘은 즐거웠으니까.

샤워를 마치고 나오니 어느새 다들 펜션에 모여 있었다.

류자키…… 메리 씨도 없나. 그 외 전원이다.

키라리, 유즈키, 그리고 자다 깬 아즈사와 이미 사복으로 갈아입은 리이하고…… 조금 늦게 시호도 도착했다.

"아, 코타로. 있잖아, 바비큐 그릴 말인데——."

"류자키가? 그렇다면야 뭐."

설마 시호가 그 녀석의 전언을 받을 줄은 몰랐다. 이제 과거는 신경 쓰지 않는다는 거겠지.

마침내 악연이 끊어진 걸까. 두 사람이 딱 적절한 거리감으로 떨어진다면 그건 잘된 일이다.

"그러면 코타로! 나도 샤워하고 올 테니까 잠깐만 기다려."

"알았어. 기다릴게."

"……같이 들어갈래?"

"아쉬워라. 이미 샤워 다 했거든."

"우후후. 그럼 어쩔 수 없지."

기분이 좋아 보이는 시호는 샤워실로 들어갔다.

바다에 안 들어간 리이 말고는 샤워하려는 모양이다. 그러니 조금 더 대기다.

우선 거실 소파에 앉아 있었더니 주변을 어슬렁거리며

돌아다니던 리이가 말을 걸었다.

"나카야마, 시간 있으면 그 녀석 찾는 거 도와주지 않을래? 쉬는 와중에 미안하지만, 그 녀석이 없으면 이래저래 좀 곤란하거든."

이미 '나카야마'인 걸 보면 평소 상태로 돌아왔다는 증거다.

슬슬 귀가 시각이니 진정한 모양이었다.

"그 녀석…… 뭐, 그래. 알았어."

여전히 이름도 제대로 불러주지 않지만, 메리 씨는 그만큼 이런저런 짓을 저질렀으니 어쩔 수 없다. 자업자득이다.

그런 관계로 리이와 구역을 나눠서 메리 씨를 찾기로 했다.

리이는 주차장 근방을 확인한다고 했으니 나는 바닷가 쪽에 가보기로 했다.

그러자 류자키가 혼자 바비큐 그릴에 불을 피우고 있는 걸 발견했다.

"나카야마? 무슨 일이야?"

"혹시 금발 메이드, 못 봤어?"

여기에 메리 씨가 있다는 걸 류자키는 모르겠지?

마주치면 아마 눈치챌 테지만, 그녀의 이름을 꺼내면 상황을 설명해야만 한다. 그건 조금 귀찮아서 일부러 이름을 숨겼다.

만약 바닷가에 금발 메이드가 있다면 눈치챘겠지.

"무슨 소리야. 바다에 그런 녀석이 왜 있어."

확실히 신기한 존재이긴 하지만 진짜 있다는 게 골치 아프다.

"그러고 보면 바비큐 그릴 말인데⋯⋯."

"시호가 말 전해줬어. 그거 말인데――."

뭐 그렇게 비품을 사용해도 괜찮은 거냐고 물어보길래 괜찮다고 간결하게 대답했다. 조금 전 리이가 그렇게 말했으니, 문제는 없겠지.

몇 분 정도였을까. 류자키와 대화를 마치고 나는 메리 씨를 마저 찾으러 갔다.

물가에서 조금 떨어진 장소까지 가보았다.

얼마 지나자, 해가 저물면서 어두워지기 시작했다. 멀리 보이던 류자키의 모습도 이윽고 사라지고⋯⋯ 그런 절묘한 거리에 몸을 숨기고 있으나. 역시 그녀는 으스스하다.

"안녕. 드디어 왔구나, 코타로."

마치 내가 오는 걸 알고 있었다는 것처럼.

낮에 봤을 때는 성조기 무늬의 수영복을 입고 있었지만, 지금은 메이드복으로 갈아입었다. 벌써 이 모습에도 완전히 익숙해진 느낌이다.

"메리 씨, 슬슬 돌아갈 시간이야. 리이가 부르니까 같이 돌아가자."

뭔가 또 떠들어댈 것 같아서 일부러 본론을 먼저 전달했다.

그녀에겐 통하지 않지만.

"니히히. 코타로, 무슨 소리야? 즐거운 시간은 지금부터잖아? 아직 돌아가기에는 너무 이르다고. 한참 부족해."

낮에 봤던 얼간이 메이드 캐릭터는 어디로 간 건지.

자신만만하게 웃는 메리 씨는 이전처럼 불길하고 이질적이었다.

……지금은 그 모드로 들어갔기 때문일까. 대화가 난항을 겪을 것 같다.

"자, 여기서부터 '스토리'를 어떻게 움직일까. 과거 라이벌이었던 료마도 있고, 강력한 히로인이 될 수 있는 쿠루리도 있지. 이쪽의 사랑에 다시 불을 지펴서 불협화음을 만드는 것도 나쁘지 않아. 혹은 서브 히로인들을 다시 찌를까? 그녀들을 이용하면 스토리가 더 풍성해질 수 있을 거야."

메리 씨 특유의 메타적 발언.

현실을 픽션으로 간주하고 인식하는 건 나만이 아니었다.

그녀 또한 과거의 나와 비슷한 시점을 지닌 동류다.

"새로운 전개가 필요해. 아쉽게도 코타로와 시호의 러브 코미디는 골인해버렸어. 두 사람이 애인이 되어버린 이상 이 이상 파란을 일으키는 건 어렵지. 하지만 불가능한 건 아니야. 순애라고 부르기에는 질척질척해지지만, 이번에는 소위 어른의 로맨스를 만들어 보자고."

"……역시 류자키를 부른 게 메리 씨구나?"

"당연하지. 사용인이라는 신분을 이용해서 세 사람을 불러들였어. 순순히 와 준 세 사람의 어리석음이 고마울 지경이야."

이번에도 뒤에서 손을 썼구나.

메리 씨는 지금도 '스토리'를 휘젓고 싶은 모양이다.

"료마 팀은 펜션에서 하룻밤 잔다고 해. 흠, 그렇다면 코타로 팀도 자고 가도 되지 않을까? 타고 갈 차를 고장 내거나, 적당한 이유를 대고 운전사를 돌려보내거나 해서. 사용인 권한을 사용하면 가능해. 좋아, 재미있어졌어! 여기서부터 또 스토리가 가속하는 거야."

열렬한 말투로 물어보지도 않은 이야기를 줄줄 늘어놓는 메리 씨.

반면 나는 이상하게 침착했다.

'이전의 나였다면 더 당황했으려나.'

픽션에 의존하던 시절이었다면 그녀의 간계에 두려워했을지도 모른다.

그녀를 '만능 사기 캐릭터'라고 믿던 시기였다면 그렇게 되었겠지.

하지만 지금은 다르다.

이미 픽션에 의존하지 않는 나에게는 제대로 보였다.

메리 씨가 그냥 '쉽게 질리는 천재'라는 것도.

센스가 좋아서 못 하는 게 없다. 하지만 뭐든 금방 해내기 때문에 금방 질리고, 집중력도 지속되지 않는다.

더 말하자면, 대담한 행동력과 배짱이 있어서 어지간한 일은 성공한다. 다만 과감하기 때문에 계획에 구멍이 두드러진다.

완벽해 보이지만 허술한 부분이 많다. 그게 메리 씨다.

그러니까 이 결과는 스토리 때문이 아니다. 러브 코미디의 신이 손을 쓴 게 아니다.

메리 씨 본인의 책임이다.

이걸 깨달은 나는 이제 더는 휘둘리지 않는다.

"현실은 픽션이 아니야."

조용히 그렇게 말했다.

여전히 스토리에 대해 열정적으로 이야기하는 그녀에게 찬물을 끼얹듯이 부드럽게, 차분한 목소리로 사실을 전달했다.

하지만 메리 씨는 모르겠다는 듯 고개를 갸우뚱 기울였다.

"……코타로?"

눈을 동그랗게 뜨고 나를 물끄러미 바라본다.

놀라움과 당황이 표정에 어른거렸다.

"무슨 소리야?"

그녀가 예상하지 못한 말이었던 걸까. 놀란 나머지 목소리가 떨렸다.

"아. 그렇구나, 그런 '대사'인 거야? 흠, 내가 너를 논파함으로써 다시금 '현실이 픽션'이라는 걸 강조하고 싶다, 그런 거구나. 아니, 미안해. 거기까지는 읽지 못 했——."

"대사가 아니야. 이건 내가 하는 말이야, 메리 씨."

바로 부정했다.

그렇게 하지 않으면 메리 씨가 '그렇게 치부함'으로써 내 말을 흐지부지 넘겨버릴 것 같았기에 제지했다.

"현실은 픽션이 아니야. 플롯도 없고 편의주의도 없어. 전부 그냥 '현실'이야. 이벤트, 패턴, 클리셰, 시나리오, 그런 건 존재하지 않아. 그저 우리가 그런 식으로 인식했던 것뿐이지."

시점이 달라지면 세상이 바뀐다.

나카야마 코타로가 일인칭으로 보던 세상은 확실히 픽션 같았다.

하지만 그건 내가 그런 색안경을 끼고 보고 있었던 것에 불과하다.

다른 사람이 보면, 현실적으로 보는 사람의 시점에서는 이 세계는 역시나 '현실'이다.

시호가 계속 그랬다.

그녀는 자신을 메인 히로인이라고 생각하지 않고, 나를 엑스트라라고 인식하지도 않았다.

어디까지나 '시모츠키 시호'와 '나카야마 코타로'로 대했다.

그런데도 나는 엑스트라로서 메인 히로인을 대했고, 그래서 엇갈리는 바람에 좀처럼 사귀지 못했다.

그 인식을 수정한 뒤로 그녀와 거리가 확 가까워졌다.

"네가 가만히 있으면 아무 일도 일어나지 않아. 이벤트 같은 건 필요 없어. 메리 씨, 가만히 있어. 현실은 픽션이 아니니까."

거기까지 단언한 순간이었다.

"──그만."

가느다란 목소리가 들렸다.

지금껏 들어 본 적 없는, 메리 씨의 힘없는 목소리였다.

"그만 말해."

그녀의 손이 내 어깨를 붙잡았다.

그 파란 눈동자는 여느 때와 다르게…… 크게 흔들리고 있었다.

"그런 말, 하지 마."

계속해서 고개를 젓는다.

싫다고 떼를 쓰는 어린아이처럼, 그녀는 필사적으로 부정했다.

"현실은 픽션이 될 수 있어."

평상시라면 강한 어조로 단언했을 것이다. 하지만 지금은 보기에 안쓰러울 정도로 쓸쓸해 보이는 어조였다.

"새, 생각해 봐. 료마는 하렘 주인공이잖아. 별다른 재주도 없는데 다양한 여자들에게 사랑받는 재능이 있다고."

"아니야. 그 녀석에게는 이성에게 사랑받는 재능이 있는 거야. 하렘 주인공이라서 사랑받았던 게 아니야. 류자키가 매력적인 거지."

"그, 그럼 시호는? 메인 히로인이라서 그녀의 모든 게 괜찮았다고. 말수가 적어도, 가만히 있어도, 아무것도 하지 않아도 누군가가 대신 해줘. 누구보다도 사랑받는 메인 히로인이니까 그녀는 얼뜨기인데도 잘 살 수 있었잖아?"

"그것도 시호의 재능이지. 부모님에게 사랑받고 자란 시호는 마음을 연 상대에게 적극적으로 어리광 부려. 그래서 다들 그만 어리광을 과하게 받아주는 거야. 메인 히로인이라서 사랑받는 게 아니라. 류자키와 마찬가지로 시호가 매력적이라 다들 사랑하는 거지."

"그렇다면 코타로는? 심심한 인생을 보냈던 건, 네가 엑스트라라서잖아? 그런 결론에 도달했잖아?"

"그 또한 아니야. 나는 엑스트라라서 심심한 인생을 보낸 게 아니야. 나 자신이 심심한 인간이라고 믿었기 때문에 그렇게 된 거지. 과거에 나는 내가 엑스트라라고 믿는 방법 말고는 자신을 긍정할 방법이 없었어. 그저 내가 나약했던 것뿐이야."

픽션의 설정처럼 보인 것들은 전부 현실적인 원인이 있다.

조금만 생각하면 알 수 있을 만큼 단순하다.

그걸 나와 메리 씨는 복잡하게…… 아니, 자기 좋을 대로 인식하고 픽션에 짜 맞췄다.

"———."

메리 씨는 말문이 막혔다.

하나하나 부정할 때마다 그녀의 표정에서 색이 사라진다.

어떤 때라도 자신만만하고 으스스해서, 약해진 표정 같은 건 보여주지 않았는데.

지금은 울 것 같은 얼굴이었다.

내 어깨를 잡은 손도 떨고 있어서 마치 매달리는 것처럼 보이기도 했다.

그 정도로 그녀는 충격을 받은 모양이다.

"……싫어."

여느 때처럼 논파했다면 그나마 아무 생각이 안 들었을지도 모른다.

"눈치채지 마. 코타로만큼은 알아줘. 내 이해자로 있

어……."

하지만 지금은 무척 쓸쓸하고 슬퍼 보여서 가슴이 아팠다.

"나도 알아. 현실이 픽션이 아니야. 그런 건 말하지 않아도 알아. 하지만 나에게는 픽션이어야 해. 나는 현실이 픽션처럼 재미있어지기를…… 그걸, 원한다고."

역시 똑똑한 그녀는 눈치채고 있었다.

하지만 현실이 '현실'이라는 걸 받아들이지 못했다.

"뭘 이제 와서 눈치채는 거야. 눈치채지 마…… 모르는 척하라고! 코타로만큼은 나를 부정하지 마."

……죄책감이 없다면 거짓말이다.

마치 산타의 존재를 믿는 어린아이에게 산타가 없다고 말하는 것 같은 찜찜함이 가슴속을 맴돈다.

반사적으로 위로하고 싶어졌다.

하지만 그건 친절이 아니다.

내가 편해지기 위해 마음에도 없는 말을 하는 건 도리에 맞지 않는다.

그러니 이건 내가 짊어져야 하는 죄다.

메리 씨에게 상처 준다고 해도 지키고 싶은 미래가 있으니까.

"……더 일찍 만났다면. 시호보다 내가 더 먼저 너를 만났다면——코타로의 이해자는 나였을 텐데!"

목소리가 거칠어진다.

메리 씨의 손이 이번에는 내 어깨를 강하게 움켜쥐었다.

"그랬다면 너는 눈치채지 못하고…… 내 '주인공'으로 머물러줬을까."

그 질문에 나는 아무 대답도 하지 못했다.

아니, 대답하면 안 된다.

그런 미래는 존재하지 않는다.

가정을 세워봤자 그녀에겐 아무 도움이 되지 않는다.

여기서 긍정한다면 지금만이라도 메리 씨의 마음이 가벼워질지도 모른다. 하지만 그건 단순히 일시적인 위안이다.

나는 메리 씨의 이해자가 될 수 없다.

그래서 그녀의 적이다. 그게 내가 선택한 '현실'이다.

"미안해."

상처 줘서 미안해.

편을 들어주지 못해서 미안해.

이해자로 남지 못해서…… 미안해.

"……엑스트라라고 믿는 너를 부정하는 시호. 엑스트라임을 긍정한 나. 만난 순서가 반대였다면 너는 엑스트라라는 걸 받아들인 인생을 걸었겠지. 무언가 부족한 기분을 느끼면서도 내가 그걸 채워줄 수 있었을지도 몰라. 그런 인생도 행복했을 거야. 그렇게 되었어도 이상하지 않았어."

응, 나도 그렇게 생각해.

이러니저러니 해도 메리 씨를 싫어하지 않는다.

오히려 내 사고방식을 이해한 너는…… 시호와는 또 다른 의미로 편안한 존재였으니까.

"하지만 지금의 너는 싫어."

현실이 픽션이 아님을 알아차린 나를 메리 씨는 거절한다.

힘없는 눈으로 나를 노려보며 필사적으로 저항했다.

"처음 만났을 때의 코타로가 좋았어. 자기를 부정하고 전부 다 포기해서, 무슨 일이든 남 일인 듯……. 현실을 부감적인 시선으로 보는 네가 마음에 들었어. 너와 함께라면 최고의 '스토리'를 만들 수 있을지도 모른다고 두근거렸어."

내 인생에, 나에게 기대했던 사람은 두 명밖에 없다.

한 명은 당연히 시모츠키 시호고 다른 한 명은 메리 씨다.

"더 많이, 하고 싶은 게 있어. 너와 함께라면 최고의 스토리를 만들 수 있어. 더 읽게 해줘. 더 즐겁게 해줘. 아직 한참 부족한데 어째서……!"

그녀는 계속 나를 긍정했다. 엑스트라로 머물러있어도 그녀는 그게 좋다고 했다.

하지만 나는 그 시절의 '나카야마 코타로'를 싫어하기에 도저히 그녀의 생각에는 찬동할 수 없었다.

결국 그 차이가 '지금'으로 이어진 거겠지.

"──이제 끝이야?"

그리고 그녀는 내 어깨에서 손을 뗐다.

하고 싶은 말은 전부 다 한 건지, 이젠 말에 힘이 없다.

애처로운 목소리가 울렸지만, 파도 소리에 금방 지워졌다.

"이야기는 끝난 거야?"

하지만 못 들은 걸로 두지 않겠다.

그렇게 말하듯 그녀는 한 번 더 물었다.

이건 메리 씨 나름의 마지막 버티기인 건지도 모른다.

『그러면 되는 거지?』

마치 그렇게 말하는 것처럼 보이기도 했다.

만약 여기에서 끝이 아니라고 한다면, 메리 씨가 또 이런저런 공작으로 무언가 사건을 일으킬 것이다.

그 계기로 인해 시호나 주변 인물과 관계에 변화가 생기고, 그게 픽션 같은 전개로 흘러갈지도 모른다.

하지만 우리의 인생에는 '기승전결'이 필요 없다.

계속 평화롭고 행복하다면 그걸로 충분하다.

스토리로 따진다면 지루할지도 모른다.

하지만 아무 일도 일어나지 않는 게 현실적으로는 좋은 일이다.

"……미안해."

한 번 더 사과했다.

이거면 된다고, 전달했다.

그러자 메리 씨는 울 것 같은 얼굴로 웃었다.

"알았어."

그 한마디만을 입에 담았다.

그리고 그녀는 나에게 등을 돌리고 걷기 시작했다.

이제 스토리는 끝났다고, 그렇게 알리듯이.

'…………윽.'

쓸쓸하지 않은 건 아니다.

메리 씨의 마음에 공감하면 가슴이 미어진다.

그녀에게 무언가 말을 할 것 같았지만, 그래도 말은 나오지 않았다.

메리 씨는 동정이나 위로 같은 걸 원하지 않는다.

나는 그녀를 선택하지 않았다.

픽션이 아니라 현실을 보기로 했다.

시호의 행복을 첫 번째로 놓고 생각하기로 결심했다.

그래서 메리 씨를 상처 주는 것 말고는 할 수 있는 게 없었다.

◆

무리해서라도 태연한 척해야 한다는 건 알고 있었다.

하지만 도저히 메리 씨가 머리에서 떠나지 않아 평소처

217

럼 행동하지 못했던 것 같다.

"…………."

돌아가는 차 안에서도 나는 시종 말이 없고 어두웠다.

그렇다는 자각도 있었고, 시호와 리이가 나를 배려해서 가만히 내버려 두었다는 것도 대충 눈치챘다.

덕분에 차 안은 무척 조용하다. 출발할 때는 시끄러우리만치 떠들썩했던 만큼 쓸쓸함을 느낄 정도로.

뭐, 조용함의 가장 큰 원인은 푹 잠든 아즈사인 것 같지만.

"우웅…… 오빠 바보……."

대체 무슨 꿈을 꾸는 건지.

시선을 들어 아즈사를 보자, 아까와 마찬가지로 리이의 허벅지를 베고 쿨쿨 자고 있다. 펜션에서도 잤는데…….
역시 노는 게 많이 피곤했나.

신나게 놀고, 원 없이 놀고, 푹 잔다.

어린아이 같은 아즈사의 행동은 무척 흐뭇했다. 내가 침울한 상태인데도 분위기가 나빠지지 않는 건 분명 아즈사 덕분이다.

물론 이래저래 눈치채고 아무 말도 하지 않는 시호와 리이의 배려 덕분이기도 하다. 면목이 없지만 지금은 호의를 받아들이자.

아직 마음의 정리를 하지 못했다.

메리 씨에게 상처 준 걸 털어내지 못했다.

마음에 매듭을 짓지 못해서 답답해하던…… 그때였다.

"……불꽃놀이!"

시호가 불쑥 큰 소리로 외쳤다.

놀라서 고개를 들자, 시호가 창밖을 손가락질하고 있었다.

"불꽃놀이 소리가 들려."

"정말? 나에게는 안 들리는데."

"아마 어딘가에서 축제라도 하는 것 같아."

"그래? 잠깐만…… 창문 열 테니까."

쿠루미자와가가 소유한 리무진은 유리창에 선팅 시공을 해놔서 바깥 풍경이 잘 보이지 않는다. 불꽃놀이를 확인하기 위해 창문을 열자 바로 시호가 고개를 내밀었다.

내가 있는 위치에서는 아직 밖이 보이지 않는다.

하지만 시호의 반응으로 상황은 대충 파악했다.

"아, 역시! 저쪽에서 잔뜩 올라가고 있어."

시호의 청각은 보통 사람보다 민감하다.

그녀가 들은 불꽃놀이 소리는 진짜였던 모양이다.

"와…… 불꽃 너무 예쁘다!"

"그 정도로? 그럼 차 세우고 밖에서 볼까?"

"진짜?! 고마워, 좀만 보고 싶어."

시호의 반짝이는 눈을 보고 리이는 부드럽게 웃었다. 그러고는 나에게 의미심장한 시선을 던지며 이렇게 말했다.

"기분 전환이 필요해 보이는 사람도 있으니까. 그렇지?"

날 생각해서 차를 세우라고 한 건가.

여전히 장녀 체질이라고 해야 하나…….

"시호 보디가드 맡길게. 나는 이 잠꾸러기 아즈사를 보고 있을 테니까."

"응…… 미안해, 고마워."

"신경 쓰지 마. 네가 그런 표정 짓는 게 싫은 것뿐이니까 시모츠키에게 기운 나눠 받고 와."

어쩔 수 없다는 듯 한숨을 쉬는 리이에게 등을 떠밀려 차에서 내렸다.

여기는…… 강변인가?

어두워서 강 상태는 보이지 않지만, 건물도 가로등도 적은 덕분에 시야가 넓고 잘 보였다.

"코타로, 저쪽이야! 굉장해."

재촉하는 대로 하늘을 보자 대각선 전방에서 대량의 불꽃놀이가 올라오는 게 보였다.

"굉장하네."

꽃이 피어나듯 잇달아 폭죽이 터지는 그 광경에 시선을 빼앗겼다.

멀리서 봐도 이렇게 느껴질 정도다. 가까이서 봤다면 분명 압도당했겠지.

"다음에는 같이 축제에 가자. 불꽃놀이 바로 아래에서

보고 싶어."

아무래도 시호도 같은 생각을 한 모양이다.

흔쾌히 고개를 끄덕이자, 그녀는 생긋 웃으며 내 손을 잡았다.

냉방이 돌아가는 차 안과 다르게 바깥 공기는 후덥지근하다. 날이 저물어서 다소 나아지긴 했어도 여름밤은 푹푹 쪘다.

그 탓에 붙들린 손바닥에 땀이 맺혔다. 순간 손을 놓으려고 했지만, 시호는 불꽃놀이에 푹 빠져서 아무것도 신경 쓰지 않는 듯했다.

오히려 내 손을 더 강하게 붙잡았다.

혼자가 아니라는 게 느껴져서 가슴의 괴로움이 조금 가벼워졌다.

"".............""

잠시 아무 말 없이 불꽃놀이를 바라보았다.

밖으로 나온 덕분에 불꽃 소리도 희미하게 들렸다.

조용히 귀를 기울이고 있었더니…… 갑자기 시호가 내 머리에 손을 올렸다.

내 손을 잡은 손과는 반대쪽 손으로 머리를 쓰다듬듯 헝클어트린다.

의도를 알 수 없어서 난처해하고 있었더니 시호가 작은 목소리로 속삭였다.

"——너는 잘못한 거 없어."

갑작스러운 긍정의 말은, 어쩌면 지금 가장 듣고 싶은 말이었던 건인지도 모른다.

심장이 크게 뛰며 눈두덩이가 뜨거워졌다.

"무슨 일이 있었는지는 모르고 말하고 싶지 않다면 물어볼 생각도 없어. 하지만 이 말은 명심해. 나는 무슨 일이 있어도 코타로의 아군이고 무슨 일이 일어나도 버리지 않을 거야. 네 곁에 있을 거고, 절대 부정하지 않아."

만났을 때부터 계속 그랬다.

시호는 항상 '나카야마 코타로'를 받아들였다.

때로는 엑스트라나 악역 캐릭터처럼 행동해도 '그건 코타로답지 않아'라고 부정하며 나를 나카야마 코타로로 되돌려주었다.

지금도 그렇다.

내가 나다울 수 있는 선택이 옳았다고, 그렇게 말해주고 있다.

"침울해하는 데 지치면 다음은 내가 많이 웃게 해줄 테니까 안심해. 얼마 전에 코미디 대회를 봤으니까, 자신 있어."

뭐, 조금 자신감이 과한 면을 보여주긴 하지만 그 점도 시호의 매력이다.

하지만 시호는 다른 의미로 나를 많이 웃게 해주니까, 완전히 엉뚱한 자신감도 아닌 건가?

웃게 해준다기보다는 시호 옆에 있으면 흐뭇해서 얼굴이 풀어진다고 표현하는 게 적절한 느낌도 들지만.

"……………윽."

뭐라고 대답하려고 했다. 하지만 말이 막혀서 아무런 말도 하지 못했다.

아무래도 시호의 말은 내 생각보다 더 깊이 박힌 모양이었다.

방심하면 눈물이 날 것 같다.

메리 씨에게 상처 줬다는 죄책감은 앞으로도 계속 잊지 못할 것이다.

이번 일만이 아니라 나는 앞으로도 불쑥불쑥 침울해하거나 고민도 할 것이다. 그런 성격의 인간이니까 어쩔 수 없다.

일정한 속도로 계속 달릴 수 있을 만큼 체력이 좋은 인간이 아니니까.

중간에 멈추거나 주저앉기도 한다.

하지만 그때마다 시호는 나를 기다려 주겠지.

아무 말도 하지 않고 같이 쉬어주는…… 그 다정함이 나를 구해준다.

"고마워."

어떻게든 목소리를 쥐어짜서 감사를 전했다.

그게 내 한계였다. 이 이상 무슨 말을 했다간 울어버릴 것 같았다.

아마도 시호는 그걸 이해한 모양이다.

그래서 그녀는 아무 말도 하지 않고 곁에서 손을 계속 잡아주었다.

""………."

그러고는 다시 또 불꽃놀이를 바라보았다.

캄캄한 하늘을 물들이는 불꽃은 조금 전보다 더 찬란해 보였다.

이렇게 나는 '나카야마 코타로'로서 인생을 걷기로 선택했다.

그 대가로 엑스트라의 캐릭터성과 메타적인 시점을 놔주었다.

메리 씨, 미안.

이제 스토리에 의존하지 않아.

내가 보고 선택하는 길은 '현실'이야.

아련한 애틋함과 쓸쓸함이 함께하는 엔딩은 좋아하지 않지만.

그것 또한 현실이라고 받아들이고 짊어지자.

여기서 드디어 시모츠키 시호와 엑스트라의 '스토리'는 끝이 났다.

　그리고 다음은 시호와 코타로의 '인생'이 시작된다.

바다 여행에서 돌아오고 며칠이 지났다.

오늘은 8월 15일. 시각은 밤 11시 반이다.

슬슬 날짜가 바뀌려는 시각인데도 불구하고…… 내 방에는 그녀가 있다.

"외박하면 바로바로…… 베개 싸움! 간다, 코타로. 에잇!"

투명한 은백색 머리카락을 휘날리며 하늘색 눈동자에 조용한 투지를 불태우는 소녀——시모츠키 시호가 베개를 던진다.

방에 하나밖에 없는 베개는 기세와는 다르게 포물선을 그리며 내 가슴에 부딪히고 풀썩 떨어졌다.

"헤이 유! 덤벼!"

흥분한 건지 그녀의 하얀 피부가 살짝 붉게 상기되어 있다. 이미 목욕도 해서 파자마로 갈아입었는데도 살짝 땀을 흘리는 게 어쩐지 걱정되었다.

"지금부터 움직여서 땀을 흘리면 몸이 식으니까 안 돼."

"뭐?! 이 불타오르는 마음은 어디에 쏟아내야 하는데?"

"가슴에 담아둬. 언젠가 해방할 때가 오지 않을까."

쓴웃음을 지으며 베개를 침대에 돌려놨다. 하지만 시호가 바로 빼앗아 끌어안는 바람에 의미는 없었다.

"아즈사도 자니까 시끄럽게 하지 말자."

"끄응…… 어쩔 수 없지."

이젠 던질 생각은 없는 모양이다. 내 베개를 껴안고 있을 뿐 아무것도 하지 않았다.

차분해진…… 건 아닌지도 모르지만, 일단 침대에 앉아 주었으니 나도 그 옆에 앉았다.

"……베개 싸움을 안 한다면 좀 긴장돼. 단둘이 외박은 처음인걸."

응, 알아.

시호가 아까부터 산만한 건 그런 이유 때문이다.

"열혈 분위기로 얼버무리려고 했는데."

"아하하. 시호는 의외로 겁이 많네. 나와 사귀는 것도 미뤘었고."

"그, 그건…… 조금만이잖아."

살짝 허술하다는 자각은 있구나.

물론 그게 나쁘다는 건 아니다. 친한 사람들 앞에서만 폭군처럼 굴고 나나 아즈사에게는 특히 강경한데, 막상 중요한 때에 움츠러드는 면도 시호의 매력이다.

……역시 평소처럼은 안 되나.

나도 조금 두근거리니까 피차일반이라고 해도 긴장하게 만들고 싶은 건 아니다.

서로 진정하기 위해서도 가볍게 잡담하기로 했다.

"사츠키 씨의 케이크, 맛있었어."

화제는 조금 전에 먹은 사츠키 씨의 수제 케이크에 대하여.

사실 저녁까지 아즈사와 함께 시호의 집에 있었다.

왜냐하면 오늘이 시호의 생일이기 때문이다.

"……응, 맞아. 밥도 맛있었어. 다 내가 좋아하는 메뉴였는걸."

생일 파티인 만큼 식사도 호화로웠다.

식탐이 있는 시호와 아즈사가 경쟁하듯 먹어댔었지. 덕분에 아즈사는 과식했는지 집에 돌아오자마자 바로 힘들어 죽겠다면서 방으로 돌아갔다. 아까 슬쩍 문을 열어보자 색색 숨소리가 들렸으니, 아마 혈당치가 올라가서 수마에 당해버린 모양이다.

저런 생활은 건강에 안 좋지만…… 뭐, 가끔은 괜찮으려나?

정말로 즐거운 생일 파티였다.

시호도 그때를 떠올린 건지 긴장해서 굳어있던 얼굴이 조금 풀어졌다.

"코타로의 선물도 정말 기뻤어. 고마워."

"천만에. 기뻐해 줘서 다행이야."

"네가 주는 선물인걸. 뭐든 기쁘지 않을 리가 없지만…….
내 사랑 말 인형을 받아서 두 배로 해피 ♪"

시호가 푹 빠져 있는 애플리케이션 게임의 캐릭터는 제대로 파악하고 있다. 자주 화면을 보여주곤 했으니, 사전에 아키하바라까지 가서 사 왔다.

시호도 마음에 든 모양이다. 내 방에 자러 오는 게 정해진 뒤에 나카야마가에 가져오려고 했을 정도다.

사이즈가 커서 사츠키 씨가 막았지만.

"소중히 할게. 앞으로 매일 같이 잘 거야."

"의외로 크던데 침대 안 좁겠어?"

"괜찮아! 오히려 나는 베개나 인형을 껴안지 않으면 못자. 침대가 넓으면 불편하니까 인형이 많이 있는 게 좋아."

······그런 대화가 잠시 이어졌다.

처음으로 내 방에 그녀를 재우는 거라서 긴장했었는데, 역시 잡담하다 보니 조금씩 마음이 차분해졌다.

우리가 만난 지도 벌써 1년이 넘게 지났다.

그녀의 목소리를 듣기만 해도 평온해질 정도로는 가까운 관계가 된 거겠지.

그러는 사이에 자정 0시가 되었다.

8월 15일······ 즉 시호의 생일이 끝난다.

그리고 8월 16일이 되자──.

"해피 버스 데이, 코타로!"

——이번에는 내가 생일을 맞았다.

그렇다. 사실 나와 시호의 생일은 하루 차이다.

그래서 갑자기 자러 오게 되면서 시호가 우리 집에 왔다.

"어떻게든 누구보다 먼저 코타로에게 축하한다고 말하고 싶었어. 이건 여자친구로서 절대 양보 못 해. 아즈냥보다 먼저 말하기 성공♪"

아무래도 그런 이유인 모양이다.

여전히 조금 묵직한 그녀의 사랑. 다만 지금 와서는 기분 좋은 무게이기도 하다.

"고마워. 이제 다시 동갑이네."

"……코타로의 누나일 수 있는 게 하루밖에 안 된다는 건 조금 불만이지만."

그렇게 말하며 시호는 벌떡 일어나더니 주머니에서 봉투를 꺼냈다.

"생일 선물, 받아줄래?"

"정말? 기뻐……. 뭐가 들어있을까."

설마 봉투를 받을 줄은 몰랐다.

뭐가 들어있을지 두근거리는 마음으로 열어보았다.

『혼인신고서』

글자를 보고 바로 봉투에 돌려놓았다.

물론 싫은 건 아니다. 하지만 이 타이밍에 이걸 주면 장난인가 헷갈리잖아. 시호라면 진심일 가능성도 있어서 더

231

문제다.

반응하기 상당히 까다롭다.

"……시호?"

"코, 코타로? 장난이니까 웃으면 되는데? 그렇게 난처한 표정을 지으면 오히려 난감하다고."

"아, 그런 거구나! 당연히 장난이겠지. 아, 아하하!"

아무리 시호라고 해도 때와 장소는 제대로 고려할 수 있는 모양이다.

다행이다. 청혼은 좀 더, 두 사람의 추억이 될 법한 이벤트로 만들고 싶다.

그리고 아직 사귄 지 얼마 지나지 않았으니까, 지금은 애인 관계를 즐기고 싶다. 다음 관계는 그때가 왔을 때 즐기면 된다.

시호와 함께하는 시간은 많이 있다.

조급해할 필요는 없으니까 천천히 보폭을 맞추고 싶다.

"재미없었어? 나, 나는 이런 거 진심으로 할 법한 사람으로 보여?"

"그야 뭐…… 시호라면 저지를 수도 있겠다고 생각은 했지."

"아무리 그래도 타이밍 정도는 생각하거든! 정말이지……. 엄마가 여벌로 갖고 있던 혼인신고서를 받아서 살짝 장난 좀 쳐본 것뿐이라고."

그런 거라면 다행이다.

그나저나 혼인신고서 실물은 처음 보는데……. 다시 봉투에서 꺼내 보자, 시호의 파트가 전부 채워져 있었다. 몹시 마음에 걸린다.

……장난인 거 맞지? 다시 가져갈 거지?

"진짜 생일 선물은 이거야. 자, 여기."

그렇게 말하며 시호는 두 번째 봉투를 내밀었다.

주머니에 계속 넣어놔서 그런지 조금 구깃구깃한 봉투를 열어보자, 안에서 '책갈피'가 나왔다.

금속으로 된 봉 형태의 책갈피로, 끄트머리에는 서리 결정 같은 장식이 달렸다. 액세서리 같아서 상당히 예뻤다.

"예쁘지? 코타로의 선물을 찾다가 우연히 발견했어. 코타로는 책 많이 읽으니까 쓸 것 같아서."

"오…… 의외로 센스가 좋아서 놀랐어."

"의외라니 뭔데? 나는 센스가 아주 좋아……! 이 정돈 당연하지!"

부루퉁해서 뺨이 불룩해진 그녀가 귀여워서 문득 손가락으로 쿡 찔러봤다.

푸 하고 바람이 빠지듯 뺨도 쪼그라드는 게 마치 복어 같다는 생각에 또 웃어버렸다.

시호 옆에 있으면 정말 자주 웃게 된다.

옛날의 나는 전혀 웃지 않는 인간이었지만, 지금은 웃을 때가 더 많은 느낌이 든다.

그 정도로 시호에게는 행복을 받고 있다.

"기뻐. 고마워…… 소중히 할게."

"그래. 이걸 나라고 생각하고 가지고 다녀. 그리고 그 혼인신고서도 덤으로 줄게."

"……시, 신난다."

역시 내게 주는 건가.

……어쩔 수 없으니 잘 넣어두자.

어쩌면 몇 년 뒤에 이걸 관공서에 제출할지도 모른다.

"흐암……. 슬슬 졸려."

축하한다는 말도 했고 생일 선물도 주자 긴장이 풀린 건지도 모른다. 시호가 커다란 하품을 흘렸다.

"슬슬 자자. 잠깐만, 불 끌게."

시호에게 받은 혼인신고서와 책갈피를 잠금 서랍에 넣은 뒤 방의 불을 껐다.

"코타로, 빨리 와. 캄캄한 거 싫어."

"알았어, 바로 알게."

어두워도 내 방이니 침대 위치는 파악하고 있다. 스위치를 누른 뒤에 바로 돌아가서 침대 가장자리에 앉았다.

"──잡았다."

그러자 시호가 내 팔을 붙잡고 잡아당겼다.

"어엇."

자세가 무너져서 침대로 쓰러졌다.

그 틈을 놓치지 않고 먼저 누워 있던 시호가 나에게 달라붙었다.

"오늘의 보디 필로는 극상이구나."

"보디 필로로 쓰기엔 심장 소리가 시끄러울지도 모르는데 괜찮아?"

"나도 그러니까 상관없어. 어차피 시끄러울 거면 네 소리를 듣고 싶어."

그렇게 말하면 아무 말도 할 수 없었다.

에어컨 온도…… 조금 더 낮췄어도 괜찮았을지도 모른다. 시호가 추위를 타니까 평소보다 설정 온도를 높여놓은 덕분에 약간 덥다.

하지만 떨어질 마음은 들지 않아서 오히려 나도 그녀를 끌어안았다.

부드러운 감촉이었다. 시호 특유의 단내와 따뜻한 체온에 심장박동이 빨라진다.

친구 사이였다면 이런 건 못 했다.

같은 침대에 누워서 서로를 끌어안는다는 건 말도 안 된다.

충족된다. 이렇게 가까운 거리에서 시호를 느낄 수 있다니 가슴이 벅차오른다.

"꼬옥."

한편 시호는 아직 부족한 모양이었다.

내 가슴에 얼굴을 파묻고 두 팔과 두 다리를 휘감듯이 달라붙었다.

정말로 보디 필로가 된 기분이다.

"계속, 이렇게 해보고 싶었어. 매일 밤 너를 이렇게 끌어안을 수 있다면——너무너무 행복할 텐데."

"응. 정말 행복할 거야."

아직 고등학생이니 같이 사는 건 너무 이르다.

하지만 사랑하는 사람이 가까이 있다는 기쁨은 역시 무엇과도 바꿀 수 없이 각별하다.

"우후후♪ 안 돼. 참으려고 해도 입꼬리가 올라가서 칠칠찮은 얼굴이 돼……. 캄캄해서 다행이다."

"음, 나는 그런 얼굴도 보고 싶은데."

"안 돼. 코타로에게는 예쁜 모습만 보여줄래."

"시호는 항상 예뻐."

"……아아 진짜, 너무 좋아!"

그녀가 나를 더 세게 끌어안는다.

문어처럼 달라붙는 바람에 어쩐지 웃긴 자세다.

귀여운 그녀의 행동이 내 심장을 한층 빠르게 뛰게 한다.

사랑스러움이 북받쳐서 그녀를 떼어놓기 싫어진다.

"좋아하는 마음은 나도 안 져."

"어라? 날 이길 수 있다고?"

"물론이지. 그야……."

심야. 좋아하는 사람과 같이 누워 있는 상태라서 내 감정도 고양된 모양이다.

마음을 억누르지 못하고——충동적으로 그녀에게 키스했다.

"읍."

뜨겁고 녹아버릴 듯한 감각은 몇 번을 체험해도 전혀 익숙해지지 않았고…… 동시에 몇 번이든 느끼고 싶어질 정도의 중독성이었다.

입술을 겹칠 때마다 시호에 대한 마음을 확인할 수 있다.

정말 좋아한다고, 마음속 깊은 곳에서 애정이 샘솟는다.

"……비긴 걸로 해줄게."

몇 초의 키스 후.

시호는 어리광 부리듯 귓가에서 그렇게 속삭였다.

혀가 잘 돌아가지 않는 목소리에 나도 모르게 히죽거렸다.

그녀 말대로 캄캄해서 다행이다……. 이런 칠칠하지 못한 얼굴은 보여줄 수 없다.

"둘 다 이긴 걸로 쳐도 되지 않아?"

"그것도 좋네. 둘 다 진 것도 괜찮고."

"뭐든 상관없나. 아무튼 시호를 좋아한다는 거면."

"나도 코타로를 좋아한다는 것만 전해지면 돼."

제삼자가 들으면 민망해서 도망칠 대화일지도 모른다.

하지만 둘 다 마음을 억누르지 못하니 어쩔 수 없었다.

빛이 없어서 서로의 얼굴은 보이지 않는다. 하지만 덕분에 서로의 감촉이 더 강조되었다.

녹아버릴 듯한 감촉이다.

뜨겁고, 부드럽고, 달콤하고…… 계속 이 감각에 잠겨있고 싶은 아늑함에서 벗어나지 못한다.

잠시 나도 시호도 움직이지 못했다.

"코타로. 앞으로도 계속 곁에 있어 줘."

"물론이야. 시호가 곁에 있게 해준다면."

"고등학교를 졸업해도…… 대학생이 되어도…… 어른이 되어도 계속이야."

"약속할게. 어른이 되고 아저씨가 되고 할아버지가 되어도…… 곁에 있을게."

이미 시호가 없는 생활은 상상할 수 없다.

나는 그 정도로 시호를 좋아하니까.

"으음, 이럴 때 뭐라고 말하더라? ……맞다! '부족하지만 잘 부탁드립니다' 맞아?"

"뭐, 대충 맞아."

틀린 건 아니다. 다만 조금 성급할지도 모를 뿐.

뭐, 어차피 결과는 똑같을지도 모르니까 상관없나.

"앞으로도 사랑해, 시호."

"평생 사랑해, 코타로."

그렇게 서로에게 사랑을 속삭이고 있었더니…… 어느새 두 사람 다 아무 말도 하지 않게 되었다.

의식이 녹는다.

꿈나라로 날아간다.

계속 서로를 끌어안은 채.

서로가 서로를 놓지 않은 채.

행복이라는 기분 좋은 감각에 잠겨…… 나와 시호는 잠이 들었다——.

마치 동화 속에 나오는 공주님 같다.

그렇게 형용해도 위화감이 없는 신부가 그곳에 있었다.

은백색 머리카락도 사파이어색 눈동자도 투명한 피부도 전부 순백의 웨딩드레스에 잘 어울렸다.

여기에 웃는 얼굴이었다면 완벽하게 이상적인 신부라고 표현할 수 있지만…… 그 얼굴은 차가운 무표정이 자리하고 있었다.

"…………."

대기실. 곧 시작되는 결혼식을 앞두고 대기하는 이 시각, 신부인 그녀는 갑작스러운 긴장에 시달리고 있었다.

'괘, 괜찮을까……?'

얼굴이 굳어서 제대로 웃을 수 없다.

불안해서 거울 앞에서 무표정인 자신을 응시하고 있을 때.

"실례합니다……. 와, 예뻐라!"

단발머리 여성이 노크도 없이 대기실에 들어왔다.

그녀는 신부 의상을 보고는 눈을 반짝반짝 빛냈다.

"언니, 잘 어울려!"

그 칭찬에 신부는 무의식중에 이런 말을 해버렸다.

"옷이 활개를 친다는 거지."

"어? 아, 응. 옷이 활개 친다!"

옷이 활개를 치는 게 아니라 옷이 날개다.

하지만 이 자리에서 그걸 지적할 수 있는 사람은 아무도 없다. 둘 다 국어점수가 낮았기 때문에 틀렸다는 것조차 눈치채지 못했다.

"역시 언니는 생긴 게 예뻐. 알맹이는 바보지만."

"바보 아니거든. 너무해……. 덜렁거리는 것뿐이야."

"……입을 다물면 참 미인인데."

비현실적인 아름다움마저 지닌 신부는 특정 인물이 옆에 있을 때만 친근감이 넘치고 어수룩한 바보로 변모한다.

그걸 아쉬워하는 건지, 단발 여성은 한숨을 쉬었다.

"아, 슬슬 입장 시간이다. 언니, 식장에서 기다릴게."

"그래. 고마워……. ……저기, 혹시 걱정돼서 보러 와 준 거야?"

"따, 딱히 그런 거 아니거든!"

민망한 걸 숨기려고 톡 쏘아붙인 여성은 그대로 대기실에서 나가버렸다.

그런 그녀의 뒷모습을 바라보며 신부는 작게 웃었다.

'고등학생 때는 절대 '언니'라고 불러주지 않았는데……. 귀여운 동생이 생겨서 행복해.'

처음 만났을 때는 머리카락을 양 갈래로 묶었던 앳된 소녀도 성장해서 어른이 되었다.

절친한 친구인 그녀와 마침내 가족이 된다고 실감하며 신부는 기뻐했다.

덕분에 긴장도 풀려서 조금 전에는 딱딱했던 표정이 부드러워졌다.

주변을 맴돌던 차가운 분위기도 지금은 사라지고 무척 친근한 얼굴이 되었다.

역시 그의 의붓동생이다. 조금 대화하기만 했는데 편안하게 해주는 느슨한 존재감은 사랑하는 그의 가족이 지닌 성질이다.

예전에는 타인을 경계하고 긴장하느라 숨이 막히는 나날을 보냈다.

하지만 그 덕분에 그녀는 타인에게 마음을 열 수 있게 되었고, 하루하루가 즐거워졌다.

"……우후후♪"

문득 거울에 비친 자신을 보고 그녀는 저도 모르게 웃었다.

자기가 보기에도 너무 행복해 보이는 표정이었기 때문이다.

보는 사람이 자연스럽게 축복해 주고 싶어지는 멋진 신부의 모습. 그게 자신이라고 생각하니 기뻤다.

'빨리 만나고 싶어.'

사랑하는 그에게는 아직 웨딩드레스 모습을 보여주지 않았다.

어떤 반응을 할지 상상만으로도 가슴이 떨렸다.

……이제 긴장은 하지 않는다.

오히려 기대되기 시작하면서 들뜨기까지 했다.

고등학생 때 만난 뒤로 결혼해서 부부가 되는 망상은 항상 해왔다.

정말 좋아하는 그와 생활…… 아니, 인생을 함께하는 걸 꿈꿔왔다.

그 소원이 오늘 마침내 이루어진다.

두 사람에게 특별한 하루다. 긴장하면서 보내는 건 아깝다.

"슬슬 입장 시각입니다. 준비는 다 되셨을까요?"

"앗, 네! 알겠습니다."

그리고 드디어 그 순간이 찾아왔다.

안내를 따라 대기실을 나와 드레스 자락을 밟지 않도록 조심하며 천천히 걸었다.

식장으로 이어지는 문 앞에는 이미 그가 도착해 있었다.

"달링."

사랑하는 그이를 보자 참지 못하고 걸음이 빨라졌다.

이 거리라면 넘어져도 그가 받아준다. 그렇게 믿는 건지 발걸음에 주저가 없었다.

"……그 호칭은 아직 부끄러운데."

한편 신랑은 새로운 애칭에 적응하지 못한 건지 쑥스러

운 듯 뺨을 긁적였다.

너무 부끄러운 건지 얼굴이 새빨갰다.

"부끄러워하는 달링도 귀여워♪"

"무슨 소리야. 시이가 더 귀엽지…… 웨딩드레스, 잘 어울려."

……아니, 얼굴이 빨간 건 신부의 드레스 모습을 봤기 때문이었다.

며칠 전, 25살을 맞은 두 사람은 결코 어린아이라고 부를 수 있는 나이가 아니다.

하지만 그래도 아직 풋풋한 반응을 보여주는 신랑과 그걸 보며 기뻐하는 신부는 참으로 잘 어울리는 한 쌍이었다.

『결혼 피로연』

이날이 오기를 얼마나 기다렸는지.

둘 다 기쁨과 행복으로 가득하다는 건 표정을 보면 일목요연했다.

"신랑 신부, 입장."

식장의 아나운스와 동시에 문이 열렸다.

그 순간 신부가 신랑을 향해 손을 내밀었다.

"달링, 어서."

더는 기다릴 수 없다는 듯 걸어가려는 신부.

신랑은 그녀를 보며 다정하게 웃고는 그 손을 살며시 붙잡았다.

"응, 가자."

"그래. 가자!"

손을 잡은 두 사람은 버진로드에 발을 들여놓았다.

붉은 양탄자 위를 천천히 걸어간다. 동시에 식장에 박수가 울려 퍼졌다.

다들 두 사람을 축복하고 있다.

신부측 아버지인 풍만한 남성은 기쁜 나머지 울고 있었다.

신부측 어머니는 그 옆에서 신부를 자상하게 지켜보고 있다.

항상 무뚝뚝한 백발의 노인도 이날은 신부의 아버지와 비슷하게 울고 있다.

평소에는 냉정하고 침착한 핑크 머리 여성도 감격에 겨운 표정으로 두 사람의 행복을 기뻐했다.

어설픈 사랑밖에 건네지 못했던 신랑의 어머니는 웬일로 웃었다.

보호자로서 항상 신랑을 지켜봤던 메이드복 여성은 술병을 들고 취해 있었다.

신랑의 의붓동생이자 신부의 친구인 소녀는 걸어오는 두 사람을 바라보며 환한 미소를 지었다. 열렬히 박수를 보내는 그 모습에서는 축복하는 감정이 생생하게 전해졌다.

그리고 식장 구석…… 눈에 띄지 않는 자리에는 신랑의 소꿉친구인 흑발 거유의 여성과 금발에 빨간 안경을 쓴 여성도 있었다.

두 사람 옆에는 후련한 표정으로 신랑과 신부를 바라보는 전직 주인공도 있다.

수많은 하객이 지켜보는 가운데 두 사람은 단상에 올라갔다.

스테인드글라스 아래. 신부(神父)의 말씀에 귀를 기울이면서도 두 사람의 눈은 계속 서로를 바라보고 있었다.

"그럼 신랑·신부 두 사람은…… 아플 때나 건강할 때나 서로를 사랑하고, 존중하고, 배려할 것을 맹세합니까?"

""맹세합니다.""

그리고 두 사람은 부부가 되었다.

과거도, 현재도, 미래도.

한때 약속했던 대로…… 두 사람은 함께 인생을 걸어가게 될 것이다.

그 인생은 분명 오늘처럼 행복으로 넘쳐나리라는 것을 약속한다.

예를 들어 이 세계가 '이야기'라면.

신랑과 신부의 러브 코미디는 대단원을 맞았다고 말할 수 있다.

거의 모든 등장인물이 두 사람을 축복했다.

이제 신랑과 신부의 러브 코미디에 다음은 없다. 아쉽게도 여기서부터는 플롯이 만들어지는 일도 없을 것이다.

하지만 두 사람의 인생은 계속된다.

이 이야기를 읽은 당신의 마음속에서, 계속.

앞으로도 영원히 이어질 테니까──.

시모츠키는
엑스트라를
좋아한다

후기

시모츠키는 엑스트라를 좋아한다를 읽어주셔서 감사합니다!

작가인 야가미 카가미입니다. 4권까지는 후기가 짧았고 인사밖에 하지 못했지만, 이번에는 억지를 부려서 긴 분량을 받았습니다.

조금 길어지지만 읽어주시면 기쁘겠습니다!

이 작품은 저에게 정말 각별한 작품이 되었습니다.

물론 과거 작품도 보물이기는 하지만…… 전부 '조기 종료'라는 형태의 엔딩밖에 주지 못했기 때문에 역시 후회와 죄책감이 남아있었죠.

그렇다 보니 깔끔하게 끝낸 '시모츠키는 엑스트라를 좋아한다'는 행복한 작품으로 만들어 줄 수 있었다고 느낍니다.

코타로와 시호의 이야기를 제대로 끝내줄 수 있었던 것.

앞으로 시작되는 인생을 독자 여러분의 상상에 맡길 수 있었던 것.

그게 정말로 기쁩니다. 자식이 독립하는 걸 지켜보는 듯한 허전함도 있지만, 해줄 수 있는 건 전부 해줬습니다.

사실 저는 야가미 카가미라는 명의로 소설가로 데뷔했지만, 그 후로 4년 정도는 다른 명의로 작가 활동을 했습니다. 운 좋게 라이트 노벨 신인상을 수상하고 레이블에서 몇몇 작품을 출판했죠.

하지만 앞에 말씀드렸듯 전부 조기 종료로 끝났고, 속편을 내고 싶어도 결과를 내지 못했기 때문인지 기획 회의조차 통과되지 않아서 1년 넘게 글을 쓰지 못하는 시기가 있었습니다. 좌절할 뻔했죠.

그래도 역시 글을 쓰는 게 좋았습니다. 작가로서 살아간다는 꿈을 도저히 포기하지 못했고, 그런 와중에 쓴 작품이 '시모츠키는 엑스트라를 좋아한다'입니다.

이 작품은 제 작가 인생을 구제해 준 작품이 되었습니다.

나 같은 건 안 된다고, 그렇게 생각하던 시기에 구원받고 싶다는 마음으로 만들어 낸 히로인이 '시호'입니다.

제가 좌절하고 괴로워하고, 그래도 발버둥 친 덕분에 이 작품이 태어났다고 생각합니다. ……이 작품 덕분에 그동안 제 작가 인생이 보답받았습니다.

그렇기에 저에게 '시모츠키는 엑스트라를 좋아한다'는 무척 소중한 작품이 되었습니다.

아마 앞으로 이보다 더 사랑할 수 있는 작품을 쓰지는 못하겠죠.

그런 생각이 들 정도의 작품을 쓸 수 있어서 작가로서도 정말 행복합니다.

이것도 전부 관여해주신 여러분 덕분입니다.

다음은 감사 인사입니다.

담당 편집자님. 이 작품을 발견해 주셔서 감사합니다. 시호의 귀여움을 세상에 내보낼 수 있었던 건 담당 편집자님 덕분입니다. 제 미숙함 때문에 폐를 끼친 적도 많았지만, 끝까지 함께 해주셔서 정말로 감사합니다!

일러스트를 맡으신 Roha님. 바쁘신 가운데 이 작품의 일러스트를 맡아주셔서 기뻤습니다. 시호를 귀엽게 그려주셔서 정말로 감사합니다!

만화판 담당자 여러분. 독백이 많고 구성도 어려운 이 작품을 깔끔하게 정리해 주셔서 감사합니다! 앞으로는 원작자라기보다는 팬에 가까운 시점으로 작품을 즐기겠습니다. 부디 이 작품을 잘 부탁드립니다.

GCN 문고님. 5권까지 출판하게 해주셔서 진심으로 감사합니다. 여기까지 쓰게 해주신 건 물론이고 작품을 소중히 대하시는 것도 뼈저리게 느꼈습니다. 시모츠키는 엑스트라를 좋아한다를 GCN 문고에서 출판할 수 있었던 게 무엇보다 큰 행복입니다. 정말 감사합니다!

그리고 읽어주신 여러분.

지금까지 후기에서도 같은 말을 반복했지만, 역시 이 작품이 세상에 나올 수 있었던 건 여러분 덕분입니다. 여러분의 응원이 제 활력의 근원이었습니다.

작가로서 가장 큰 기쁨을 느끼는 순간은 인세를 받을 때도 아니고, 제 캐릭터를 일러스트로 볼 때도 아니고, 단행본으로 출판될 때도 아닙니다.

작품을 읽어주시는 것이야말로 작가로서 가장 큰 쾌감입니다.

더구나 재미있다는 말씀을 들을 때는 이보다 더 기쁠 수가 없습니다.

이 감각을 잊을 수 없어서 아무리 힘들어도 저는 작가를 계속해왔습니다.

정말, 정말, 정말 감사합니다!

작가로서 이보다 더 큰 행복은 다시는 느끼지 못하겠죠.

물론 작가를 그만둘 마음은 없지만…… 쉽지 않을 것 같습니다. 열심히 발버둥 치겠습니다!

그러면 아쉽지만, 슬슬 실례합니다.

다시금, 정말로 감사합니다!

또 어딘가에서 만나 뵙기를 기도하며.

야가미 카가미

Shimotsuki san wa mob ga suki 5
©2023 by Yagami Kagami, Roha
All rights reserved.
First published in Japan in 2023 by MICRO MAGAZINE, INC.
Korean translation rights reserved by Somy Media, Inc.

시모츠키는 엑스트라를 좋아한다 5

2024년 8월 15일 1판 1쇄 발행

저　　　자	야가미 카가미
일 러 스 트	Roha
옮 긴 이	현노을
발 행 인	유재옥
부 사 장	이왕호
이　　　사	조병권
출판본부장	박광운
편 집 2 팀	정영길 박치우 정지원 조찬희
편 집 3 팀	오준영 권진영 이소의
디자인랩팀	김보라
디지털사업팀	박상섭 김지연 윤희진
라이츠사업팀	김정미 맹미영 이윤서
영업마케팅팀	최원석 박수진 이다은
물 류 팀	허석용 백철기
경영지원팀	최정연
인쇄제작처	㈜코리아피엔피
발 행 처	㈜소미미디어
등　　　록	제2015-000008호
주　　　소	서울시 마포구 토정로222, 502호 (신수동, 한국출판콘텐츠센터)
판매 및 마케팅	(070) 8822-2301

ISBN 979-11-384-8412-1
ISBN 979-11-384-8047-5 (세트)